Klarant Verlag

Die gebürtige Ostfriesin **Sina Jorritsma** aus der Krummhörn studierte in Hamburg Germanistik und Philosophie, bevor sie wieder in ihre Heimat zurückkehrte. Sie veröffentlicht unter Pseudonym, weil sie ihre Umgebung genau beobachtet und Ereignisse aus ihrem Leben in ihre Geschichten einfließen. Das Romaneschreiben ist ihr kleines Geheimnis, das nur wenige Menschen kennen. Bei einer großen Kanne Ostfriesentee mit Sahne und Kluntjes kann sie halbe Nächte durchschreiben, tagsüber hält sie sich mit Joggen fit. Sina Jorritsma lebt mit ihrer Familie in einem kleinen Ort bei Emden.

Sina Jorritsma

Friesenhummer

Ostfrieslandkrimi

Klarant Verlag

Kapitel 1

Kommissarin Mona Sander von der Borkumer Polizei gehörte zu den Frauen, die sich in Jeans und Sneakers wohler fühlten als mit Kleid und hochhackigen Pumps. Daher reagierte sie mit einem süßsauren Lächeln, als sie beim Betreten dieses Edelrestaurants von einem Kellner angesprochen wurde.

»Herzlich willkommen zur Neueröffnung vom *Hummerhafen*. Dürfte ich bitte Ihren Namen erfahren?«

»Ich bin Mona Sander. Und ich müsste auf der Gästeliste stehen.«

Obwohl ich mich nicht darum gerissen habe, fügte sie in Gedanken hinzu. Während der Angestellte ihre Angaben prüfte, schaute sie an seiner Schulter vorbei auf die Gäste, die sich bereits versammelt hatten und plaudernd im weitläufigen Eingangsbereich des Lokals standen. Solche Festivitäten waren überhaupt nicht nach Monas Geschmack. In einer so schicken Atmosphäre fühlte sie sich immer fehl am Platz. Viel lieber hätte sie jetzt bei ihrem Freund Jan Lummer in seiner *Nordsee Kajüte* an der Theke gesessen und ein frisch gezapftes Bier getrunken. Doch ihr Erscheinen bei der Eröffnungsfeier war mehr oder weniger dienstlich angeordnet worden. Und sie wollte es sich mit ihrem Chef nicht endgültig verderben. Wegen ihrer widerborstigen Art geriet sie oft genug mit Oltbeck aneinander. Wenn sie den Bogen überspannte, würde ihr Vorgesetzter sie vielleicht sogar aufs Festland versetzen lassen. Und das wäre so ungefähr das Schlimmste, was sie sich vorstellen konnte. Hier auf Borkum war Mona heimisch geworden, hier hatte sie ihren Freund, ihren Hund und nicht zuletzt ihren Lieblingskollegen. Sie stieß einen Seufzer der Erleichterung aus, als sie zwischen den anderen Anwesenden Oberkommissar Enno Moll erblickte. Der Zwei-Meter-Mann überragte die Männer und Frauen in seiner Umgebung wie ein Turm in der Schlacht. Nur Mona hatte er noch nicht bemerkt, weil er mit dem Rücken zur Tür stand.

Nun sah sie der Neueröffnungsparty schon mit weitaus weniger Unlust entgegen. Es gab wenigstens eine Person unter den Gästen, mit der sie sich gut verstand – nämlich der wuchtige Ostfriese. Die beiden Kriminalisten arbeiteten seit Jahren erfolgreich zusammen und waren ein eingespieltes Team.

»Ah, hier habe ich Sie, Frau Sander. – Ich wünsche Ihnen einen angenehmen Abend.«

Mit diesen Worten trat der Kellner zur Seite und machte eine einladende Geste. Sie stöckelte in den Vorraum und bemühte sich redlich, auf ihren hohen Absätzen nicht umzuknicken. Mona hatte sich damit abgefunden, dass sie nur eins dreiundsechzig groß war. Normalerweise versuchte sie nicht, mithilfe von Schuhwerk hochgewachsen zu wirken. Außerdem waren in ihrem Berufsalltag flache Treter einfach praktischer, und in ihrer Freizeit gab sie ebenfalls Laufschuhen den Vorzug. Doch sie hatte sich nun einmal überreden lassen, an diesem Abend im *Hummerhafen* aufzukreuzen. Mona hoffte, sich nach spätestens einer Stunde unauffällig aus der Affäre ziehen zu können.

Während ihr diese Gedanken durch den Kopf schwirrten, kämpfte sie sich durch die Menschenmenge auf den Oberkommissar zu. Eine Kellnerin hielt ihr ein Tablett mit Getränken unter die Nase, und Mona schnappte sich ein Glas Sekt. Sie ließ ihren Blick unauffällig durch den Raum schweifen. Viele der Anwesenden waren ihr bekannt, zumindest vom Sehen. Es handelte sich um die führenden Köpfe Borkums, vom Bürgermeister über die Chefärztin einer Kurklinik bis zum Tourismus-Manager. Offensichtlich wollte sich der neue Besitzer des Edellokals gleich bei den Entscheidungsträgern der Insel einschmeicheln.

Was haben Enno und ich hier verloren?, fragte sie sich, obwohl sie die Antwort eigentlich kannte. Ihr Kollege hatte sie immer noch nicht bemerkt, da er sich angeregt mit einem rotgesichtigen Herrn unterhielt. Entweder litt Ennos Gesprächspartner unter Bluthochdruck oder er war höchst aufgeregt. Oder beides. Sie schob sich in Ennos Blickfeld. Er lächelte und winkte sie zu sich heran.

»Da bist du ja! Ich sagte gerade zu unserem Gastgeber, dass du normalerweise immer pünktlich erscheinst. – Herr Aschendorf, das ist …«

Rotgesicht fiel dem Ostfriesen ins Wort: »Natürlich, Frau Sander ist nun auch erschienen. – Ich freue mich sehr, Sie endlich persönlich kennenzulernen!«

Mona musste sich nicht fragen, warum ihr Name ihm etwas sagte. Die Verhaftung des Vorbesitzers hatte überregional hohe Wellen geschlagen. Die beiden Kriminalisten waren sowohl in der Zeitung als auch im Lokal-TV zu sehen gewesen. Dieser Tatsache hatten sie zweifellos ihre Einladung zu der Wiedereröffnung zu verdanken. Mona wusste nicht viel über den neuen Besitzer. Er war ein Hotelier von der Nachbarinsel Norderney. Fest stand nur, dass man ihn auf Herz und Nieren überprüft hatte. Nach dem Desaster mit dem ehemaligen Eigentümer sollte ein neuer Skandal um jeden Preis vermieden werden.

»Moin, Herr Aschendorf«, sagte Mona, während sie seine Hand schüttelte. »Ich danke Ihnen für die Einladung. Wir sind nicht mehr hier gewesen, seit die Ermittlungen gegen Lars Mohl abgeschlossen wurden.«

Der neue Restaurantbesitzer verzog den Mund, als ob er auf eine Zitronenscheibe gebissen hätte. Die Kommissarin konnte sich lebhaft vorstellen, dass er dieses Thema am liebsten unter den Teppich gekehrt hätte. Doch Mona wusste nicht, worüber sie sonst mit ihm sprechen sollte. Small Talk war nicht ihre Stärke, und an diplomatischem Fingerspitzengefühl mangelte es ihr ebenfalls.

»Ich habe Herrn Aschendorf schon erklärt, dass der Mordfall Breder für uns abgeschlossen ist«, warf Enno ein. »Das Personal des früheren Besitzers hat sich übrigens in alle Himmelsrichtungen zerstreut. Heute ist also wirklich der Abend für einen kompletten Neuanfang.«

Der Ostfriese trug seinen dunklen Anzug, den er für alle festlichen Anlässe anlegte. Mona hatte vorgeschlagen, dass sie und Enno in Uniform zu der Eröffnung gehen sollten, aber ihr Chef war nicht begeistert gewesen: »Das werden Sie auf gar keinen Fall tun, Frau Sander! Dann sieht es ja nach einem Polizeieinsatz aus, und Herr Aschendorf möchte auf gar keinen Fall mit der zurückliegenden Mordermittlung in Verbindung gebracht werden!«

Das war der Kriminalistin natürlich klar gewesen, sie hatte ihren Vorgesetzten nur etwas ärgern wollen. Die Erinnerung an die kurze Szene in Oltbecks Büro entlockte ihr ein Lächeln, das Aschendorf prompt missverstand: »Ich freue mich, dass es Ihnen hier so gut gefällt, Frau Sander. – Entschuldigen Sie mich, der Landrat ist soeben erschienen.«

Mit diesen Worten eilte der neue Besitzer Richtung Eingang, um seinen hochkarätigen Gast zu begrüßen.

Mona schaute ihm nach.

»Nun ja, seine Gesichtsfarbe passt immerhin schon mal zu den roten Schalen der namensgebenden Meeresbewohner – *Hummerhafen* eben!«

Enno grinste breit und knuffte sie leicht in die Flanke.

»Nicht so laut, du willst dir doch nicht schon wieder Ärger einhandeln, oder?«

»Nee, aber allzu lange werde ich nicht bleiben. Ich verstehe sowieso nicht, warum wir eingeladen wurden. Wäre es nicht logischer gewesen, wenn Oltbeck hier erschienen wäre? Schau dich doch um, wir kleinen Indianer sind von lauter Häuptlingen umgeben.«

»Der Chef wäre wirklich gern hier aufgeschlagen, aber seine Frau hat ihm einen Strich durch die Rechnung gemacht«, raunte der Oberkommissar seiner Kollegin zu.

»Warum?«

»Es gibt einen uralten Zwist zwischen Frau Oltbeck und Frau Aschendorf, den Grund kenne ich nicht. – Auf jeden Fall repräsentieren wir heute die Polizei Borkum und sollten uns dementsprechend benehmen.«

»Schon kapiert, ich werde nicht auf dem Tisch tanzen«, versicherte Mona.

»Bei dir weiß man ja nie«, gab der Ostfriese augenzwinkernd zurück.

»Das fasse ich mal als Kompliment auf, mein Bester. – Wie ist übrigens dein erster Eindruck von Aschendorf?«

»Er kommt mir wie ein Geschäftsmann vor, der sich eine gute Gelegenheit nicht entgehen lässt. Nachdem das Finanzamt und die Kollegen von der Abteilung Wirtschaftskriminalität das Schwarzgeld aus dem Restaurant gezogen hatten, blieb kaum noch etwas an legal erworbenem Wert zurück. Aber Mohl brauchte dringend ehrlich eingenommene Euros, um seinen Hamburger Staranwalt bezahlen zu können. Also musste er wahrscheinlich weit unter Wert verkaufen. Ich wette, dass dieses Edellokal für einen Schnäppchenpreis in Aschendorfs Besitz übergegangen ist.«

»Solange der neue Eigentümer nicht auch krumme Dinger dreht, soll uns das egal sein«, meinte Mona und nahm einen Schluck Sekt.

»Die Bonzenbrause ist jedenfalls lecker, hast du auch schon probiert?«

Enno antwortete: »Ich hoffe auf ein anständig gezapftes Pils, aber ich konnte noch nicht bis zur Bar vordringen, weil Aschendorf mich gleich abgefangen hat. – Übrigens war es sein ausdrücklicher Wunsch, dass du und ich hier zur Eröffnung erscheinen. Er findet es höchst aufregend, dass der Vorbesitzer einen Mordprozess am Hals hat.«

»Wahrscheinlich, weil er dadurch den Preis drücken konnte«, erwiderte die Kommissarin trocken. Sie fuhr fort: »Wenn du willst, kann ich dir ein Bier holen. Ich bin klein und wendig, darum komme ich überall durch!«

»Das ist sehr freundlich von dir«, sagte der Oberkommissar.

Doch bevor Mona starten konnte, trat der neue Restaurantbesitzer auf ein kleines Podest neben der Bartheke. Er griff nach einem Mikrofon. Das Gemurmel der Gäste verstummte, und er begann mit einer Rede: »Ich freue mich sehr darüber, dass Sie alle am heutigen Abend Ihren Weg in den neuen *Hummerhafen* gefunden haben. Und diese Worte wähle ich mit Bedacht, denn von morgen an sollen die Dinge hier anders werden. Mein großartiges Team und ich wollen die Schatten der Vergangenheit abschütteln und zu anderen Ufern aufbrechen.«

»Seit wann kann man einen Schatten abschütteln?«, raunte Mona ihrem Kollegen zu. »Aschendorfs Redenschreiber sollte sich sein Lehrgeld zurückgeben lassen.«

»Bring mich nicht zum Lachen«, flüsterte der Oberkommissar. »Oltbeck reißt uns die Köpfe ab, wenn wir die Feier ruinieren.«

Der Gastgeber hatte offenbar von dem kurzen Wortwechsel zwischen den Kriminalisten nichts bemerkt und fuhr fort: »Einige von Ihnen werden schon mitbekommen haben, dass ich den bekannten Sternekoch Horst Prigge als den Leiter meiner Küchencrew gewinnen konnte. Auch meine übrigen Mitarbeiter zeichnen sich durch höchste Qualifikation aus – aber was wäre ein Lokal namens *Hummerhafen* ohne die namenstiftenden Meerestiere?«

Aschendorf zeigte auf ein großes Aquarium mitten im Gastraum, das momentan noch von einem schwarzen Seidentuch verdeckt wurde.

»Wir bieten Ihnen neben vielen anderen regionalen und internationalen Spezialitäten fangfrische Hummer direkt aus der Nordsee!«

Er zog an einer Kordel, woraufhin das Tuch beiseite glitt. Einige Frauen kreischten erschrocken, denn in dem Bassin befanden sich keineswegs lebendige rote Hummer. Vielmehr lag ein toter Mann im Wasser.

Kapitel 2

Mona reagierte blitzartig. In ihrer kleinen Abendtasche war nur Platz für ihre Hausschlüssel, eine Packung Taschentücher, einen Lippenstift und ihren Dienstausweis. Diesen hielt sie nun hoch über ihren Kopf, während sie sich mit vollem Körpereinsatz in Richtung Aquarium drängelte.

»Lassen Sie mich durch, ich bin von der Polizei! Dies ist ein Tatort!«, rief sie mit gellender Stimme. Aschendorf stand mehrere Meter weit entfernt von dem Aquarium. Er war schlagartig blass geworden, den Mund hielt er halb geöffnet. Seine Unterlippe zitterte, und er konnte den Blick nicht von dem Toten abwenden. Offenbar stand er unter Schock.

Auch Enno hatte sich seinen Weg zu dem Wasserbehälter gebahnt. Für Mona war es ein gutes Gefühl, ihn in einer solchen Stresssituation an ihrer Seite zu wissen. Sie wandte sich an den Lokalinhaber: »Herr Aschendorf, kennen Sie diesen Mann? Gehört er zu Ihrem Personal?«

Er wandte sich ihr zu. Allerdings wirkte er so geistesabwesend, als ob er durch sie hindurchschauen würde. Die Gäste redeten und schrien laut durcheinander. Die Kriminalisten mussten sowohl die aufkommende Panik in den Griff bekommen als auch den Tatort sichern. Bevor Mona nachhaken konnte, kam doch eine Antwort von dem Gastronomen: »N-nein, ich habe ihn noch niemals zuvor gesehen. Warum ist er tot? Und warum liegt er in meinem Aquarium?«

Woher soll ich das wissen? Diese gereizte Antwort verkniff sich die Kommissarin. Sie konnte verstehen, dass die momentane Situation für die meisten Menschen nur schwer zu ertragen war. Sie selbst hatte beruflich öfter mit Leichen zu tun, dennoch ließ auch sie der Anblick einer aus dem Leben gerissenen Person nicht kalt. Das wäre wohl auch unmenschlich gewesen.

»Enno, wir brauchen Verstärkung! Hilf mir bitte, das Aquarium erst einmal wieder abzudecken.«

»Ja, sicher.«

Mit vereinten Kräften warfen die Kommissare das schwarze Tuch über den Wasserbehälter. Zum Glück besaßen die Anwesenden so viel Pietät, dass sie nicht mit ihren Handys filmten. Die meisten schienen ebenso unter Schock zu stehen wie der Gastgeber. Der

Oberkommissar hatte sein Telefon aus der Tasche geholt, rief bei der Dienststelle an und schilderte kurz die Lage.

Es dauerte nicht lange, bis ein Streifenwagen in der Süderstraße eintraf. Polizeimeisterin Grietje Smit und Polizeimeister Hinderk Ekhoff betraten das Gebäude.

»Ein Toter im Aquarium, wenn ich Enno richtig verstanden habe?«, raunte die vorlaute junge Kollegin Mona zu. »Dann müsste man das Lokal eigentlich in *Leichenhafen* umbenennen.«

»Tu dir selbst einen Gefallen und behalt deine flotten Sprüche für dich«, warnte die Kriminalistin. »Wir brauchen die Namen und Kontaktdaten von sämtlichen Anwesenden. Bei Gästen vom Festland benötigen wir außerdem die Adresse ihrer Borkumer Unterkunft.«

»Wird gemacht.«

Mit diesen Worten zückte Grietje ihren Notizblock sowie einen Kugelschreiber und trat auf die Umstehenden zu.

Mona wusste, dass sie trotz ihrer lässigen Art eine gute Polizistin war und die Aufgabe sorgfältig erfüllen würde. Enno hatte auch einen Arzt kontaktiert, der die Todesursache feststellen sollte. Auf den ersten Blick waren an der Leiche keine äußeren Verletzungen festzustellen gewesen. Doch der Kommissarin war klar, dass man auf solche Eindrücke nichts geben durfte. Außerdem hatte sie den Toten nur kurz in Augenschein genommen, bevor sie und ihr Kollege das Aquarium wieder abgedeckt hatten. Fest stand, dass der menschliche Körper allein im Wasser war. Die Hummer fehlten.

Der Oberkommissar nahm Aschendorf das Mikrofon weg und sagte: »Wer der Polizei seine Kontaktdaten genannt hat, entfernt sich bitte aus dem *Hummerhafen*. Wir werden Sie in den nächsten Tagen kontaktieren, falls wir Informationen von Ihnen benötigen.«

Wenn ihr Kollege den Einsatz leitete, musste sich Mona keine Sorgen machen. Sie widmete sich nun wieder Aschendorf, der sich inzwischen auf einen Barhocker niedergelassen hatte und seinen Kopf auf die Hände stützte. Eine blonde Frau in einem Silberlamé-Kleid stand neben ihm, hatte ihre Hand auf seine Schulter gelegt und redete beruhigend auf ihn ein.

Die Kommissarin stellte sich noch einmal vor, dann fragte sie: »Und Sie sind …?«

»Ich bin Marlies Aschendorf, die Ehefrau.«

Mona schätzte Frau Aschendorf auf Mitte bis Ende vierzig. Sie wirkte nicht so erschüttert wie ihr Ehemann. Vielleicht verfügte sie einfach über eine bessere Selbstbeherrschung.

»Können Sie uns etwas über den ... Mann im Aquarium sagen?«

»Nein, Frau Sander. Allerdings habe ich ihn nur kurz von der Seite gesehen, sein Gesicht konnte ich nicht erkennen. Ich stand dort hinten, beim Kücheneingang. – Unser Service- und Kochteam ist jedenfalls vollzählig. – Was denken Sie, wann die Eröffnung nachgeholt werden kann?«

Mona glaubte, sich verhört zu haben. Sie kniff die Augen zusammen und stellte klar: »Ein paar Meter von uns entfernt liegt ein toter Mensch, der sich gewiss nicht freiwillig in dieses Aquarium begeben hat. Wir müssen Hinweisen nachgehen und Spuren sichern, um das Verbrechen aufzuklären. Das kann eine Zeit lang dauern.«

»Und wer kommt für unseren Verdienstausfall auf?«

Warum ist diese Frau so kaltherzig?, dachte Mona. Am liebsten hätte sie Marlies Aschendorf an den Kopf geworfen, was sie von ihr hielt. Doch die Kriminalistin schaffte es, ihr überschäumendes Temperament im Zaum zu halten. Vielleicht war ja Marlies Aschendorfs Mangel an menschlichem Mitgefühl bereits ein Puzzlestück für die Aufklärung der mutmaßlichen Straftat.

»Je eher wir hier fertig sind, desto schneller können Sie zur Routine zurückkehren. – Wann wurde das Aquarium zum letzten Mal überprüft? Und wie viele Hummer befanden sich darin?«

Mona hätte diese Fragen natürlich auch Aschendorf selbst stellen können, doch er schien wirklich neben der Spur zu sein. Die Ehefrau schien den Leichenfund weitaus besser wegstecken zu können, daher hielt die Kommissarin sich lieber an sie.

Die Antwort lautete: »Wir haben gegen 15 Uhr das Wasser im Aquarium ausgetauscht und die Hummer wieder hineingesetzt. Wir sprechen von vier Tieren.«

»Wann haben Sie das Aquarium abgedeckt?«

»Das muss kurz vor 16 Uhr gewesen sein, Frau Sander.«

»Wer hatte seitdem Zugang zum *Hummerhafen*?«

»Die Frage lässt sich unmöglich beantworten«, behauptete Marlies Aschendorf und fuhr fort: »Unsere Mitarbeiter waren teilweise in der Küche mit Vorbereitungen für die Eröffnungsfeier beschäftigt, das Servicepersonal deckte die Tische ein. Daher weiß ich nicht, wie der Tote unbemerkt in das Aquarium gelangen konnte.«

Das wird sich zeigen, dachte Mona. Sie fragte: »War das Lokal vor dem Eintreffen der ersten Gäste abgeschlossen?«

»Nein. Wir hatten ja vormittags noch Ware bekommen und waren die ganze Zeit über beschäftigt. Es ging hier zu wie in einem Taubenschlag. Es wäre nicht sinnvoll gewesen, die Türen abzuschließen. Wir hatten nicht damit gerechnet, dass jemand hier eindringt. Und schon gar nicht mit einem Toten mitten im Lokal.«

Während die Kriminalistin mit der Ehefrau des Inhabers sprach, leerte sich der *Hummerhafen* merklich. Grietje und Hinderk arbeiteten zügig daran, die Daten der Besucher und des Personals aufzunehmen. Nun traf der Mediziner ein, den Enno angefordert hatte. Der hünenhafte Ostfriese zog sein Jackett aus und krempelte seine Hemdsärmel hoch. Nachdem er das Tuch wieder entfernt hatte, hob er zusammen mit dem Arzt die tropfnasse Leiche auf eine Decke, die Grietje auf dem Boden ausbreitete.

Mona hatte nun Gelegenheit, den Toten genauer zu betrachten. Er war komplett bekleidet, trug ein helles T-Shirt, Jeans und Tennisschuhe. Vom Alter her schätzte sie ihn auf ungefähr vierzig Jahre. Die ebenmäßige gebräunte Haut zeugte davon, dass der Mann sich oft an der frischen Luft aufgehalten hatte. Er kam der Kriminalistin nicht bekannt vor, doch das musste nichts heißen. Borkum hatte nur gut 5000 ständige Einwohner, aber fast eine Viertelmillion Übernachtungsbesucher pro Jahr. Enno hatte sich Latexhandschuhe übergezogen. Bevor Dr. Siemers mit der Untersuchung des Leichnams begann, hielt der Oberkommissar nach Gegenständen in den Taschen Ausschau – leider vergeblich. Er überließ dem Mediziner das Feld und ging zu seiner Kollegin hinüber.

»Ich konnte keine Hinweise auf seine Identität finden, Mona.«

»Warum kann es nicht ausnahmsweise einmal einfach sein?«, fragte sie seufzend. Doch sie wusste selbst, dass sie darauf keine zufriedenstellende Antwort erwarten konnte. Die beiden Ermittler hatten sich in eine Ecke des Wintergartens zurückgezogen, wo ihr Wortwechsel weder von den Aschendorfs noch von dem Personal mitgehört werden konnte. Mona fügte hinzu: »Die Aussage der Ehefrau stimmt hinten und vorn nicht.«

Sie berichtete, was sie von Marlies Aschendorf erfahren hatte.

»Du hältst es für unmöglich, dass diese Angaben zutreffen?«, vergewisserte Enno sich.

»Allerdings, mein Bester! Ich will dem Arzt nicht vorgreifen, aber das Opfer wiegt mindestens achtzig Kilo. Er wird wohl kaum freiwillig in das Aquarium gestiegen sein. Du und Dr. Siemers hattet Mühe, den Mann herauszuhieven, obwohl ihr beide keine Schwächlinge seid.«

»Ja, meine Bandscheiben haben schon protestiert«, meinte der Ostfriese und massierte seinen unteren Rückenbereich. Er fügte hinzu: »Ich denke auch, dass mindestens zwei Personen nötig waren, um ihn in das Aquarium zu verfrachten.«

»Es kommt noch ein weiterer Punkt hinzu, nämlich die Wasserverdrängung«, sagte Mona. Sie fuhr fort: »Ich war zu Schulzeiten nie eine Leuchte in Physik, aber ein 80-Kilo-Mann würde in einem vollen Aquarium, das für ein paar Hummer ausgelegt ist, für eine Überschwemmung in der unmittelbaren Umgebung sorgen. Also muss die Wassermenge zuvor reduziert worden sein, denn der Boden ist knochentrocken. – Die ganze Operation war eiskalt geplant und wird mehr als ein paar Minuten in Anspruch genommen haben.«

»Ja, das leuchtet mir ein, Mona. Wir haben es also keinesfalls mit einer spontanen Tat zu tun. Und entweder gab es keine Zeugen oder sie werden uns verschweigen, was sie beobachtet haben.«

Die Kommissarin schlug vor: »Wir sollten zunächst so tun, als ob wir Marlies Aschendorfs Version glauben würden. Vielleicht können wir morgen mit ihrem Ehemann sprechen, wenn er den ersten Schock überwunden hat. Außerdem interessiert mich brennend, warum der Tote ausgerechnet passend zur Eröffnungsfeier in dem Aquarium platziert wurde. Das war doch eine ganz klare Botschaft.«

»Es fragt sich nur, für wen«, meinte Enno. »Solange wir seine Identität nicht kennen, können wir darüber nur spekulieren. Wir müssen morgen das gesamte Personal sowie die Gäste befragen und die Aussagen miteinander abgleichen. Ich wette, dass wir dabei auf Widersprüche stoßen werden. Falls der oder die Täter die Gästeliste kannten, müssen sie gewusst haben, dass die Polizei anwesend sein würde. Es war also entweder besonders dreist oder sehr naiv, uns quasi mit den Nasen auf die Leiche zu stoßen.«

»Das sehe ich genauso, mein Lieber. Lass uns mal hören, ob der Arzt schon ein erstes Ergebnis für uns hat.«

Enno war einverstanden, und sie gingen zu Dr. Siemers hinüber. Die Kleidung des Mediziners war teilweise feucht, da er den klatschnassen Toten untersucht hatte. Mona warf ihm einen fragenden Blick zu, und der junge glatzköpfige Arzt verstand sie auch ohne Worte: »Meiner Ansicht nach kam der Mann durch Ertrinken ums Leben. Ob es Fremdeinwirkung gab, kann erst bei der Obduktion abschließend geklärt werden. Kampfspuren konnte ich jedenfalls nicht entdecken, auch keine äußeren Verletzungen.«

»Wer steigt denn freiwillig in ein Hummer-Aquarium?«, dachte die Kommissarin laut nach.

Der Mediziner hob die Schultern.

»Diese Frage kann ich nicht beantworten. Auch der Todeszeitpunkt lässt sich noch nicht so genau eingrenzen, er liegt aber keineswegs länger als zwölf Stunden zurück. Die Kollegen vom gerichtsmedizinischen Institut Oldenburg werden Ihnen eine präzisere Auskunft geben können.«

Das wusste Mona natürlich auch, aber Geduld war nicht ihre stärkste Charaktereigenschaft. Sie bedankte sich natürlich trotzdem brav bei Dr. Siemers. Das Team der Spurensicherung würde erst am nächsten Morgen erscheinen können.

Die Kriminalisten warteten auf den Bestatter mit seinem Assistenten. Die Leiche sollte provisorisch verpackt und mit der Fähre aufs Festland geschafft werden. Nachdem der Tote abtransportiert worden war, wandte sich die Ermittlerin an das Betreiber-Ehepaar: »Wir kommen hier heute Abend nicht weiter. Gehen Sie nach Hause und versuchen Sie, ein wenig Ruhe zu finden. Wir kontaktieren Sie, sobald wir neue Erkenntnisse haben oder sich weitere Fragen ergeben.«

Aschendorfs Blick war glasig, er reagierte überhaupt nicht. Seine Frau lächelte Mona geschäftsmäßig an und sagte: »Entschuldigen Sie, wenn ich vorhin etwas schroff geklungen habe. Natürlich lässt mich der Tod eines Menschen nicht kalt. Aber der *Hummerhafen* ist unser Herzensprojekt, das auf gar keinen Fall scheitern darf.«

Darauf erwiderte die Kriminalistin nichts. Sie war nach wie vor der Meinung, dass Marlies Aschendorf dem Ertrunkenen keine Träne nachweinte. Das machte sie allerdings noch lange nicht zu einer Mordverdächtigen.

Kapitel 3

Am nächsten Morgen war Mona sehr früh mit Rufus am Strand unterwegs. Dies war die beste Zeit des Tages, um die Gesellschaft ihrer Dogge zu genießen. Der treue Hund logierte ansonsten als Dauergast bei den Molls, weil die kleine Wohnung der Kommissarin ungeeignet für so ein großes Tier war. Aber Mona ließ es sich nicht nehmen, bei Wind und Wetter vor der Arbeit eine Stunde mit Rufus zu verbringen. Oftmals dehnten sich ihre polizeilichen Verpflichtungen bis in den Abend aus. Aber die Freizeit kurz nach Sonnenaufgang war ihr sehr wichtig. Die Kriminalistin trug Joggingklamotten, als sie Seite an Seite mit ihrer Dogge das Naturschutzgebiet Greune Stee durchquerte. Von dort aus führte ihr Weg sie direkt zum Hundestrand hinunter. Es war bewölkt, und leichter Nieselregen sprühte auf ihr Gesicht. Doch das machte ihr nichts aus, sie liebte die salzige Luft und die Stille so früh am Morgen.

Die meisten Urlauber hatten noch nicht den Weg aus dem Bett gefunden, entsprechend leer war es am Strand. Am Horizont sah man ein Schiff, das aus Richtung Emden in See stach. An der Form konnte die Kommissarin erkennen, dass es sich um einen Spezialfrachter handelte – einen Autotransporter. Während sie ihren Blick in die Ferne gerichtet hielt, schien Rufus in der Brandung etwas Interessantes entdeckt zu haben. Laut bellend stürmte die Dogge zum Spülsaum. Gegen sechs Uhr morgens war Niedrigwasser gewesen, also kehrte nun allmählich die Flut zurück. Die Dogge hatte normalerweise ein sehr ausgeglichenes Temperament, was man von ihrem Frauchen nicht behaupten konnte. Rufus tobte nun durch die Gischt, wobei er weiterhin bellte und aufgeregt mit dem Schwanz wedelte.

Monas Neugier war geweckt. Sie rannte nun schneller, um herauszufinden, wodurch ihr Hund so ausflippte. Die Kriminalistin bekam nasse Füße, als sie selbst ins flache Wasser am Spülsaum lief. Und einen Hummer erblickte! Rufus war klug genug, außerhalb der Reichweite der Scheren dieses Krustentiers zu bleiben. Mona war verblüfft. Sie stapfte tiefer in die Nordsee hinein und fand ein paar Meter weiter einen zweiten Hummer, der sich genau wie sein Artgenosse langsam im flachen Wasser bewegte. Sie hatte solche Tiere noch niemals in freier Wildbahn gesehen. Aber – waren die Hummer wirklich aus eigener Kraft an diesen flachen Strand gelangt? Oder handelte es sich um die Exemplare aus dem Restaurant-Aquarium, die der Mörder des Unbekannten hier ausgesetzt hatte? Die Kriminalistin überlegte einen Moment lang, ob sie die Krustentiere einfangen konnte. Aber was sollte das nützen? Auf ihren Panzern war jetzt gewiss keine DNA von Menschen nachzuweisen, die sie aus dem Behälter gehoben hatten. Sie zog ihr Smartphone hervor und machte ein paar Fotos von den Hummern, die im flachen Wasser relativ gut zu erkennen waren. Dann griff sie nach Rufus' Halsband: »Komm, mein Hübscher. Toll, dass du so aufmerksam bist. Leider habe ich heute viel zu tun.«

Er warf ihr einen langen Blick aus seinen dunklen Augen zu. Sie war sicher, dass er sie verstand. Nachdem die beiden wieder trockenen Sand unter den Füßen beziehungsweise Pfoten hatten, schüttelte sich die Dogge. Mona bekam einen Großteil des Salzwassers ab, aber das störte sie nicht. Die Kommissarin musste sich nun schon fast beeilen, wenn sie sich noch umziehen und dann per Rad zur Arbeit fahren wollte. Als sie durch den Sand auf die Promenade zustapfte, bemerkte sie neben einer der Stahltreppen einige Kunststoffschlaufen, die sich in dem Metall verklemmt hatten. Normalerweise achtete die Kommissarin nicht auf Müll, denn mit der Flut wurde stets jede Menge Strandgut angeschwemmt. Außerdem gab es leider auch unaufmerksame Zeitgenossen, die zu faul waren, ihren Abfall in den nächsten dafür vorgesehenen Behälter zu werfen. Mona ging in die Knie und schaute sich die Bänder genauer an. Sie konnten dazu gedient haben, die Scheren der Hummer in Gefangenschaft zusammenzuhalten. Die Kommissarin bekam nun eine genauere Vorstellung davon, was sich am Vortag im *Hummerhafen* ereignet haben musste. Mona steckte die Bänder in ihre Tasche. Sie brannte darauf, sich mit Enno gedanklich auszutauschen. Doch zuvor würden die Kriminalisten eine Besprechung mit ihrem Vorgesetzten über sich ergehen lassen müssen.

*

Hauptkommissar Hinrich Oltbeck fiel fast vom Bürostuhl, als seine Untergebenen ihm beim Dienstbeginn auf der Inselwache Bericht erstatteten.

»Ein Mord – im *Hummerhafen*?«, stieß der Chef hervor. »Schon wieder?«

17

»Genau genommen hat der ehemalige Besitzer des Restaurants sein Opfer nicht im Lokal, sondern auf dessen eigener Terrasse getötet«, gab Enno zu bedenken.

»Das sind doch Haarspaltereien, Herr Moll!« Oltbeck wischte sich mit einem Stofftaschentuch über die Glatze und fuhr fort: »Für die Öffentlichkeit zählt nur, dass der Name *Hummerhafen* wieder im Zusammenhang mit einem Verbrechen genannt wird. Es darf auf keinen Fall der Eindruck entstehen, dass auf Borkum ein Mord nach dem anderen geschieht. – Hat sich denn wirklich ein Verbrechen ereignet oder könnte sich auch ein Unfall zugetragen haben?«

Wie soll man denn versehentlich in einem Hummer-Aquarium ertrinken? Diese Frage sprach Mona nicht laut aus, denn die Laune des Dienststellenleiters war ohnehin schon miserabel. Sie sagte: »Wir denken, dass die Tiere geplant aus dem Behälter entfernt wurden, um das Opfer dort ertränken zu können. Ob wirklich Fremdeinwirkung vorliegt, wird die Obduktion eindeutig klären. Ich habe jedenfalls bei meiner morgendlichen Hunderunde dies hier gefunden.«

Mit diesen Worten legte sie die noch feuchten Bänder auf Oltbecks Schreibtisch. Der Chef bekam große Augen, und auch Enno war erstaunt. Sie war noch nicht dazu gekommen, ihm von ihrem Erlebnis zu erzählen.

»Was ist das, Frau Sander?«

»Mit solchen Bändern werden die Beißzangen der Hummer zusammengehalten, damit sie sich im Aquarium nicht gegenseitig verletzen oder töten können. Übrigens lässt sich auf dem Kunststoff noch der Schriftzug *Feinkost Rabe* erkennen. Das ist der Großhändler, von dem Aschendorf seine Ware bezieht. Das habe ich vorhin im Internet noch schnell recherchiert. Und einige der Hummer konnte ich auch wiederfinden, sie sind offenbar in der Nordsee ausgesetzt worden.«

Der Chef wirkte irritiert.

»Schön, und was wird dadurch bewiesen?«

»Der oder die Täter sind offenbar Tierfreunde«, vermutete Mona, »denn sie hätten die Hummer ja auch einfach in die Dünen werfen können, wo sie elend verendet wären. Und wenn man ihnen diese Bänder nicht entfernt hätte, könnten sie im Meer nicht auf Beutezug gehen und würden ebenfalls verhungern. Beides ist nicht geschehen. Wer immer die Tiere aus dem *Hummerhafen* entwendet hat, war um ihr Wohl besorgt. Und da sehe ich unsere Chance, die Person oder die Personen zu erwischen.«

»Einen ausgewachsenen Hummer kann man nicht in der Hosentasche transportieren«, ergänzte Enno. Er fuhr fort: »Dafür ist ein wassergefülltes Gefäß nötig oder zumindest ein Korb mit einer feuchten Unterlage darin. Es sind insgesamt drei oder vier Tiere gewesen, die laut Marlies Aschendorf aus dem Aquarium genommen wurden. Wir sollten nach Zeugen suchen, die eine oder mehrere Personen mit einem solchen Behältnis auf dem Weg von der Süderstraße bis zum Strand gesehen haben.«

»Meinetwegen, mir ist jeder Ermittlungsansatz recht, der zu einem schnellen Erfolg führt«, knurrte Oltbeck. »Und die Identität des Toten ist noch unklar, wenn ich Sie richtig verstanden habe?«

»Ja, wobei wir bisher die Anwesenden der Eröffnungsfeier noch nicht intensiv befragt haben«, antwortete der Ostfriese.

Der Chef trommelte mit den Fingerspitzen auf seine Schreibtischplatte und sagte: »Dann tun Sie das bitte umgehend! Unsere Mitbürger und natürlich auch die Urlauber ängstigen sich, solange ein Mörder auf unserer Insel frei herumläuft. – Falls das überhaupt der Fall sein sollte.«

Mit diesen Worten beendete der Hauptkommissar die kurze Unterredung. Obwohl sie nur wenige Minuten gedauert hatte, war Monas Stimmung im Keller. Immerhin konnte sie sich zusammenreißen, bis sie die Tür ihres gemeinsamen Büros hinter Enno und ihr selbst geschlossen hatte. Aber dann legte sie los: »Glaubt Oltbeck eigentlich, dass wir uns die Tötungsdelikte einfach ausdenken? Wenn es nach mir gegangen wäre, dann hätte diese Lokaleröffnung getrost ohne uns stattfinden können. Er tut ja geradezu so, als ob es unsere Schuld wäre, dass eine Leiche in dem Aquarium lag!«

»Ich koche uns erstmal einen Tee, das beruhigt«, brummte ihr Kollege. »Du weißt doch, dass der Chef sich nur um den Ruf von Borkum sorgt.«

»Ja, und um die Aufklärungsquote unserer Dienststelle«, fügte Mona mit einem süßsauren Lächeln hinzu. Aber Enno hatte es mit seinen begütigenden Worten schon geschafft, sie ein wenig von der Palme herunterzubringen. Während er in der Teeküche verschwand, um das ostfriesische Lebenselixier zuzubereiten, ging sie in Gedanken noch einmal die bekannten Fakten über den Verlauf des gestrigen Tages im *Hummerhafen* durch. Als der Oberkommissar mit einem Tablett, Teekanne, Stövchen, Kandis, Sahne und zwei Tassen zurückkehrte, sagte sie: »Wir sollten die Angaben von Marlies Aschendorf mit Vorsicht genießen – zumindest, bis sie nicht durch andere Zeugen bestätigt sind.«

»Weil es unmöglich ist, die Hummer aus dem Aquarium zu nehmen und dort eine Leiche zu deponieren, während ein Dutzend Menschen um die Täter herum mit den Eröffnungsvorbereitungen beschäftigt sind?«

»Ganz genau, mein Lieber! Entweder hat die Dame in der Aufregung versehentlich falsche Angaben gemacht – was ich nicht glaube – oder sie hat bewusst gelogen, um uns in die Irre zu führen.«

Der erfahrene Ermittler hob die Schultern. Er gab zu bedenken: »Die zweite Möglichkeit wäre aber ziemlich dilettantisch und würde unseren Verdacht nur untermauern. Sie kann sich doch denken, dass wir ihre Behauptungen gegenchecken werden.«

»Das stimmt, aber sie hat zunächst Zeit gewonnen. Wer weiß, in welcher Beziehung sie zu dem Opfer gestanden hat. Vielleicht will Marlies Aschendorf Hinweise vernichten, die uns in ihre Richtung leiten würden?«

Enno hatte für Mona und sich selbst Tee eingegossen. Während er den Inhalt seiner Tasse mit sichtlichem Genuss schlürfte, meinte er: »Dann sollten wir uns das Besitzerehepaar gleich als Erstes vorknöpfen.«

Kapitel 4

Marlies Aschendorf hatte als Borkumer Adresse von ihr und ihrem Mann ein Haus in der Kirchstraße angegeben.

»Das Objekt ist mir bekannt«, brummte Enno. »Es ist ein komplett renoviertes Ferienhaus ganz in der Nähe der katholischen Kirche.«

Nachdem die Ermittler ihren Tee ausgetrunken hatten, machten sie sich auf den Weg zu den Aschendorfs. Den Wagen ließen sie stehen, denn von der Polizeiwache bis zu ihrem Ziel waren es zu Fuß keine fünf Minuten. Als sie auf der Strandstraße Richtung Wilhelm-Bakker-Straße gingen, kamen ihnen zahlreiche Urlauber entgegen, die große Rollkoffer hinter sich her zogen.

»Man sieht den Touristen meist direkt an, ob sie anreisen oder die Insel wieder verlassen müssen«, meinte Mona. »Wer abfährt, ist meist schlecht drauf.«

»Aber die meisten kommen immer wieder zurück«, stellte der Ostfriese fest.

»Da hast du auch wieder recht.«

Nachdem die beiden an dem Gotteshaus *Maria Meeresstern* vorbeigegangen waren, erreichten sie die gemietete Unterkunft der Aschendorfs. Mit seiner weiß gekalkten Fassade und den hohen Fenstern wirkte das Gebäude hell und einladend. Der winzige Vorgarten war gepflegt. Enno drückte auf den Klingelknopf. Es dauerte nicht lange, bis Marlies Aschendorf ihnen öffnete. Sie hatte offenbar vor Kurzem geduscht, jedenfalls verströmte sie den Duft eines fruchtigen Duschgels. Bekleidet war sie an diesem Morgen mit einem gestreiften bodenlangen Hauskleid, das Mona an einen Kaftan erinnerte. Falls die Ereignisse des Vortags sie seelisch mitgenommen hatten, war davon nichts zu bemerken. Sie sah so tiefenentspannt aus, als ob sie sich bei einem Wellness-Wochenende befände.

»Treten Sie doch bitte näher. Mein Mann hat gestern noch ein Beruhigungsmittel genommen und schläft. Ich werde später versuchen, ihn wachzubekommen.«

Mit diesen Worten trat Marlies Aschendorf von der Tür weg und führte die Ermittler in die chromblitzende Küche.

»Möchten Sie einen Kaffee?«, fragte sie.

»Nein, danke. – Kommen Ihnen diese Hummer bekannt vor?«

Mona hatte ihr Smartphone herausgeholt und zeigte Frau Aschendorf die Fotos, die sie von den Tieren in der Brandung gemacht hatte.«

»Ja, das könnten die Hummer sein, die in unserem Lokal entwendet wurden!«

»In der Nähe konnte ich auch diese Bänder sicherstellen«, fügte die Kommissarin hinzu und zeigte andere Bilder, auf denen die Kunststoffschlaufen zu sehen waren. Sie hatte diese nämlich abfotografiert, bevor das Material zur Kriminaltechnik geschickt wurde.

»Ja, das ist der Aufdruck von unserem Großhändler! – Wo sind die Hummer jetzt?«

»Ich weiß es nicht, wahrscheinlich immer noch im Meer.«

»Wie bitte?! – Frau Sander, haben Sie eine Vorstellung davon, was ein europäischer Hummer im Einkauf kostet?«

»Ich bin keine Schalentierfängerin, sondern Kriminalistin«, fauchte Mona. »Uns interessiert in erster Linie, welcher Täter ein Interesse daran haben könnte, sowohl die Hummer freizusetzen als auch einen Unbekannten in Ihrem Aquarium zu ertränken.«

Marlies Aschendorf schien zu begreifen, dass sie mit ihrem Vorwurf ein Eigentor geschossen hatte: »Entschuldigen Sie, das ist mir so herausgerutscht. Ich weiß natürlich, dass Sie wegen des Toten hier sind. Und unsere Diebstahlversicherung wird gewiss den Wert der verschwundenen Ware ersetzen.«

Nun ergriff Enno das Wort: »Fällt Ihnen denn jemand ein, dem Sie diese Taten zutrauen würden?«

»Ich fürchte, dass ich Ihnen nicht weiterhelfen kann, Herr Moll. Mein Mann und ich kennen uns auf Borkum noch nicht richtig aus. Sie wissen bestimmt, dass Reinhold auf Norderney ein Hotel betreibt. Es ist seit drei Generationen im Familienbesitz. Die Gastronomie ist also für uns beide ein völlig neues Betätigungsfeld.«

»Was machen Sie eigentlich beruflich?«, wollte der Ostfriese wissen.

»Ich bin studierte Tierärztin und habe einige Zeit in dem Beruf gearbeitet. Aber während der letzten Jahre habe ich Reinhold beim Führen des Hotels geholfen. Sie wissen bestimmt, dass es heutzutage sehr schwer ist, auf den Inseln Personal zu bekommen.«

»Und trotzdem wollten Sie sich ein neues Projekt ans Bein binden?«

Diese schnippische Bemerkung kam natürlich von Mona, aber Marlies Aschendorf blieb ihr keine Antwort schuldig: »Wie heißt es doch so schön, Frau Sander: ›Wer nicht wächst, der schrumpft.‹ Wir hatten natürlich von der schrecklichen Tragödie gehört, die sich vor Kurzem auf Ihrer Insel ereignet hat. Es war klar, dass der *Hummerhafen* auf Dauer nicht leerstehen durfte. Reinhold hat ein Angebot gemacht, das offenbar auf fruchtbaren Boden gefallen ist.«

Marlies Aschendorf sprach gern über Geschäftliches, das war Mona schon zuvor aufgefallen. Ob der Leichenfund etwas mit den Finanzen des Ehepaars zu tun hatte?

»Viele Mörder versuchen, ihr Opfer möglichst unauffindbar loszuwerden«, erklärte die Kommissarin, »doch in diesem Fall ist das genaue Gegenteil geschehen. Der Tote war für alle Anwesenden der Eröffnungsfeier deutlich zu sehen. Dies könnte man als eine Botschaft oder Warnung für Ihren Mann und Sie verstehen. Gibt es Konkurrenten, die Ihnen den Erwerb des *Hummerhafens* missgönnen?«

»Ich verstehe, worauf Sie hinauswollen, Frau Sander. Ich kann Ihnen leider nach wie vor keine Namen nennen. – Aber wäre es nicht auch möglich, dass der Leichnam gar nicht Reinhold und mich schocken sollte? Vielleicht gab es eine Beziehung zwischen diesem Menschen und einem unserer Gäste.«

»Das ist ein guter Einwand«, bemerkte Enno. Er fügte hinzu: »Dann hätte der Täter allerdings wissen müssen, welche Personen zur Lokaleröffnung eingeladen waren.«

»Das ist kein Geheimnis, Herr Moll. Ich selbst habe mit der Stadtverwaltung und der Touristinformation und einigen Borkumer Unternehmern gesprochen, um die passende Auswahl zu treffen. Letztlich werden zahlreiche Menschen gewusst haben, wer am gestrigen Abend im *Hummerhafen* erwartet wurde.«

Marlies Aschendorfs Behauptung war berechtigt, wie Mona zugeben musste. Solange die Identität des Toten ungeklärt war, ähnelte die Ermittlung eher einem Ratespiel. Und das gefiel ihr überhaupt nicht. Sie beschloss, sich nach dem Besuch bei den Aschendorfs auf die Hummerspur zu konzentrieren. Wenn sie und Enno denjenigen festnehmen konnten, der die Schalentiere ausgesetzt hatte, würde er eine Menge zu erklären haben.

Ennos Stimme riss sie aus ihren Überlegungen: »Wir würden jetzt gern noch mit Ihrem Gatten sprechen.«

»Selbstverständlich. Ich werde versuchen, Reinhold wachzubekommen.«

Mit diesen Worten ging Marlies Aschendorf zur Treppe und stieg ins Obergeschoss hinauf.

»Ich möchte zu gern wissen, was dir gerade durch den Kopf geht«, flüsterte der Ostfriese seiner Kollegin zu.

»Das erfährst du später.«

Aus dem ersten Stockwerk war ein kurzer Wortwechsel zu vernehmen, allerdings konnte man nichts verstehen. Einige Minuten später tappte Aschendorf die Stufen hinab. Der Restaurantbesitzer kam Mona im Vergleich zum Vorabend um zehn Jahre gealtert vor. So sah er zumindest ihrer Meinung nach aus. Er hatte dunkle Ränder unter den Augen, seine Gesichtshaut war fahl und der Blick glasig. Die Kriminalistin ging davon aus, dass er immer noch unter dem Einfluss von starken Beruhigungsmitteln stand. Bekleidet war er mit einem gestreiften Morgenmantel, den er über seinem Pyjama trug.

»Ich muss mich für meinen Aufzug entschuldigen«, sagte er mit belegter Stimme, »aber das unerwartete Ende der gestrigen Feier hat mich doch sehr mitgenommen. – Konnten Sie schon etwas über diesen … Toten herausfinden?«

Mona horchte auf. Täuschte sie sich oder war der letzte Satz mit einem ängstlichen Unterton über Aschendorfs Lippen gekommen? So, als ob er sich vor der Wahrheit fürchtete.

»Unsere Ermittlungen sind in vollem Gang«, erwiderte die Kommissarin. Sie hatte bewusst diese schwammige Formulierung gewählt, weil sie sich nicht in die Karten schauen lassen wollte. Sie und ihr Kollege mussten Reinhold und Marlies Aschendorf so lange als Verdächtige betrachten, bis ihre Täterschaft sich definitiv ausschließen ließ. Aber hätte der Restaurantbesitzer seinen offensichtlichen Schock wirklich so überzeugend schauspielern können? Oder war er so von der Rolle, weil es eine Verbindung zwischen seiner Frau und dem Ermordeten gab? Die zweite Variante kam der Ermittlerin durchaus plausibel vor.

Aschendorf setzte sich an den Küchentisch, von dem aus man einen schönen Blick in den Garten und auf die parallel zur Kirchstraße verlaufende Wilhelm-Bakker-Straße hatte. Doch er starrte nur auf die Tischplatte vor ihm.

»Nun ist eine Nacht vergangen, seit der Tote gefunden wurde«, stellte der Oberkommissar fest. »Ist Ihnen vielleicht doch noch eingefallen, um wen es sich handeln könnte? Sie waren gestern sehr aufgeregt – ich hoffe, dass es Ihnen heute besser geht und Sie in Ruhe über die Ereignisse nachdenken konnten.«

»Das habe ich getan, Herr Moll. Und ich weiß nach wie vor nicht, wer der Ärmste sein könnte.«

Diese Behauptung war nach Monas Meinung glatt gelogen. Beweisen konnte sie dies nicht – noch nicht. Aber sie hatte in ihrem Beruf schon genügend Menschen getroffen, die es mit der Wahrheit nicht so genau nahmen. Bedauerlicherweise ließ sich nicht jeder von ihnen auf Anhieb entlarven.

»Wurden Sie bedroht? Gibt es Neider, denen Ihr Kauf des *Hummerhafens* ein Dorn im Auge ist?«, wollte Enno wissen.

Aschendorf zögerte, öffnete dann aber doch den Mund: »Pieter Brugge war nicht begeistert davon, dass es jetzt wieder eine direkte Konkurrenz zu seinem *Anker Pier* gibt.«

»Hat er Ihnen das so deutlich zu verstehen gegeben?«

»Ja, Herr Moll. Ich hatte Herrn Brugge eine schriftliche Einladung zur Neueröffnung geschickt. Daraufhin rief er mich an und sagte: ›Eher friert die Hölle zu, als dass ich auch nur einen Fuß in deinen *Hummerhafen* setze!‹«

»Das passt zu Brugge. Er kann sehr direkt, vielleicht sogar verletzend sein«, stellte der Ostfriese fest.

Aschendorf meinte: »Sie kennen diesen Herrn gewiss persönlich, ich bin ihm hingegen noch nie begegnet. Sein Lokal befindet sich direkt an der Promenade, nicht wahr?«

Enno nickte.

»Vom *Anker Pier* bis zum *Hummerhafen* sind es zu Fuß nur wenige Minuten.«

»Ich habe gehört, dass Brugge genau wie ich auf gehobene Gastronomie setzt. Aber sein Konzept unterscheidet sich stark von meinem. Während es bei mir klassischen Restaurantbetrieb geben soll, ist das *Anker Pier* eher eine Bar, in der auch kleine Speisen und Snacks angeboten werden. Wir sprechen ganz unterschiedliche Zielgruppen an, deshalb habe ich seine aggressive Reaktion überhaupt nicht verstanden.«

Sobald Aschendorf über sein Lokal zu sprechen begann, wurde er munterer. Das fiel Mona sofort auf. Auf einer Ferieninsel wie Borkum gab es natürlich zahlreiche Gastronomiebetriebe. Sie war mit ihrem Freund Jan Lummer einmal selbst in ihrer Freizeit im *Anker*

Pier gewesen. Aschendorf hatte das Lokal treffend beschrieben. Mehr als eine Portion Tapas oder ein belegtes Baguette bekam man dort nicht als Speise serviert. Die Kommissarin glaubte auch, bei dieser Gelegenheit Brugge gesehen zu haben: ein dicker Mann, der mit holländischem Akzent sein Team herumkommandierte. Dieser Typ war in ihren Augen ein Unsympath. Aber würde er aus purem Konkurrenzneid einen Mord begehen? Es konnte allerdings auch ein anderes Motiv geben, das die Ermittler noch nicht erkannt hatten. Wieder liefen Monas Gedankengänge darauf hinaus, dass sie die Identität des Toten in Erfahrung bringen musste.

»Weitere Personen, die Ihnen schaden wollen, kommen Ihnen nicht in den Sinn?«, hakte sie nach.

Aschendorf schüttelte den Kopf.

»Ich bedaure, Ihnen nicht weiterhelfen zu können. Wenn ich etwas wüsste, würde ich es Ihnen mitteilen.«

Wer es glaubt, wird selig, dachte die Kriminalistin. Aber sie hielt sich zurück und bedankte sich brav.

»Ihre Kontaktdaten haben wir ja, Herr Aschendorf. Falls Sie oder Ihre Frau uns noch etwas sagen möchten, können Sie mich jederzeit anrufen. Jede Kleinigkeit kann wichtig sein.«

Mit diesen Worten legte sie eine ihrer Visitenkarten auf den Tisch. Als die Kommissare das Haus verlassen wollten, kam Marlies Aschendorf die Treppe hinunter. Sie hatte sich offenbar umgezogen und schien in Eile zu sein. Sie trug nun ein helles enges Sommerkleid, das für einen windigen Septembermorgen auf Borkum etwas zu dünn war.

»Wir verabschieden uns«, sagte die Kommissarin zu ihr. »Ihr Mann hat meine Telefonnummer, falls Sie noch weitere Informationen für uns haben.«

Sie schaute Marlies Aschendorf so durchdringend an, bis die Tierärztin Monas Blick auswich.

»Ich werde nachdenken, Frau Sander. Und nun entschuldigen Sie mich, ich habe einen Termin.«

Sie eilte Richtung Rathaus davon. Mona schaute ihr kopfschüttelnd nach, während die Ermittler auf die Kirchstraße hinaustraten.

»Ich möchte zu gern wissen, mit wem die Dame sich jetzt trifft, Enno. Sie war so stark geschminkt, als ob sie auf dem Kriegspfad wäre. Und hast du gemerkt, wie stark sie sich eingedieselt hat? Als sie an mir vorbeiging, habe ich Atembeklemmungen bekommen.«

26

Die Kriminalistin unterstrich ihre Worte, indem sie die Arme ausbreitete und geräuschvoll gute Nordseeluft in ihre Lungen sog.

»Ist mir gar nicht aufgefallen«, behauptete ihr Kollege.

»Männer!«, gab Mona zurück. Doch als sie seinen listigen Blick sah, wurde ihr bewusst, dass er sie auf den Arm genommen hatte. Sie stieß ihm grinsend ihren Ellenbogen in die Rippen und fragte: »Was denkst du über das Ehepaar?«

»Mein Verdacht von gestern hat sich erhärtet. Beide wissen mehr, als sie uns gegenüber zugeben wollten. Aber das würden sie garantiert leugnen, falls wir sie darauf ansprechen.«

»Richtig, und darum sollten wir uns bedeckt halten, mein Lieber! Meinetwegen sollen sich die beiden getrost in Sicherheit wiegen. Lass uns jetzt erst einmal die aktuellen Vermisstenanzeigen durchgehen.«

Die Kommissare kehrten zur Dienststelle zurück und machten sich an die Arbeit. Allerdings konnten sie in den Datenbanken keine verschwundene Person finden, bei der es sich um den Toten handeln konnte. Entweder wurden Teenager oder hochbetagte Menschen vermisst, aber kein Mann um die dreißig. Mona und Enno beschränkten sich bei ihrer Suche nicht nur auf deutsche Vermisstenstellen, sondern checkten auch die Vermisstenseite der *Marechaussee*, der niederländischen Grenzpolizei. Borkum lag in der Nähe der Staatsgrenze, und es bestand auch eine Fährverbindung ins niederländische Eemshaven. Daher war es nicht abwegig, auch im Nachbarland nach Hinweisen auf den Toten zu suchen. Doch auch diese Recherche verlief im Sand.

Kapitel 5

Nachdem die Kommissare in ihrem Stamm-Fischimbiss *Knurrhahn* Mittagspause gemacht hatten, schauten sie sich in der Umgebung vom *Hummerhafen* genauer um. Mona dachte laut nach: »Wenn ich die Krustentiere aus dem Restaurant hätte klauen wollen, dann wäre der kürzeste Weg zum Strand natürlich über die Promenade.«

»Das stimmt. Allerdings gibt es dort auch am Abend immer noch Zeugen, die spazieren gehen oder auf den Ruhebänken sitzen. Ich würde lieber einen kleinen Umweg durch die Süddünen machen und ein Stück weit entfernt vom Hauptstrand die Tiere im Wasser aussetzen.«

»Ja, das passt, Enno. Allerdings musste der Hummerdieb unter diesen Umständen einen größeren mit Wasser gefüllten Behälter durch die Gegend schleppen.«

»Er könnte die Hummer auch mit einem Karren oder auf dem Fahrrad-Gepäckträger transportiert haben«, schlug der Ostfriese vor. »Schau mal, dort!«

Während sie miteinander sprachen, gingen die beiden durch das Inselwäldchen Greune Stee, das von einigen Spazierwegen Richtung Strand durchzogen wurde. Enno deutete auf eine Spur von Fahrradreifen, die besonders tief in den Boden eingesunken waren.

»Entweder hat der Radfahrer einen gewichtigen Wassertank bei sich gehabt …«, begann Mona.

Der Oberkommissar beendete ihren Satz: »Oder er war ungefähr so schwer wie ich.«

»Mir gefällt jedes Gramm an dir«, versicherte sie augenzwinkernd.

Die Kommissare folgten den Reifenabdrücken.

»Zum Glück hat es in der Nacht nicht geregnet«, meinte Enno. »Ich kann mir gut vorstellen, dass die Fährte von gestern stammt. Wenn sie noch älter wäre, dann könnte man sie nicht mehr so gut erkennen.«

Mona stimmte zu. Es dauerte nicht lange, bis sie den Rand des Gehölzes erreicht hatten. Zwischen den Ästen schimmerte das blaugraue Wasser der Nordsee. Die Kriminalistin ging in die Knie und betastete den Untergrund.

»Hier ist der Boden sehr feucht«, stellte sie fest. »Vermutlich hat der Täter an dieser Stelle den Behälter abgeladen. Bei der Gelegenheit ist etwas von dem Wasser übergeschwappt. Oder er hat es einfach weggegossen. Da er die Hummer freigelassen hat, brauchte er es ja nicht mehr.«

Sie ging weiter Richtung Strand hinunter, ihr Kollege folgte ihr.

»So muss es gewesen sein!« Ihrer Stimme war die Aufregung deutlich anzuhören. »An der Stahltreppe da vorn habe ich die Bänder gefunden, mit denen die Hummerscheren zusammengehalten wurden.«

»Also können wir davon ausgehen, dass der Verdächtige mit einem Fahrrad unterwegs war, das ein ziemliches Gewicht trug. Er muss es geschoben haben, andernfalls hätte er den Wassertank nicht auf dem Gepäckträger halten können.«

»Und wenn die Person ein Lastenrad benutzt hat?«

»Das wäre möglich, Mona. Allerdings gibt es auf der Insel nur wenige von diesen Transportmitteln. Lass uns nach Zeugen Ausschau halten, die gestern hier in der Nähe waren.«

Die nächsten Stunden vergingen, ohne dass die Kommissare einen Erfolg verbuchen konnten. Immerhin trafen sie auf einige Urlauber, die Tag für Tag die Greune Stee durchstreiften. Doch keinem von ihnen war ein Radfahrer mit einer schweren Last aufgefallen. Andere Touristen, denen sie begegneten, hielten sich zum ersten Mal in dem Wäldchen und an diesem Strandabschnitt auf. Monas Geduld wurde auf eine harte Probe gestellt. Sie begann schon, an der Zeugensuche zu zweifeln, als sie eine bekannte Gestalt erblickte.

»Schau mal, Enno! Ist das da vorn nicht unser liebster Vogelkundler?«

»Und ob«, stimmte der Ostfriese nickend zu. Klaas Manning war ein Pensionär, der sich dauerhaft auf Borkum niedergelassen hatte. Er streifte vorzugsweise frühmorgens durch die Naturschutzgebiete – angeblich, um die teilweise seltenen Vogelarten der Insel zu beobachten. Die Polizisten hatten ihn im Verdacht, stattdessen lieber die Frauen am FKK-Strand anzuglotzen. Allerdings hatten sie ihm bisher nie etwas nachweisen können.

Manning hatte die Kriminalisten noch nicht bemerkt. Er hielt ein Fernglas in den Händen und kauerte neben einem Strauch. Mona schlich sich an ihn heran und tippte ihm auf die Schulter.

»Moin, Herr Manning! Sie sind so spät am Tag noch unterwegs? Das ist ja so gar nicht Ihre Zeit!«

Sie hatte sehr laut gesprochen. Der »Hobby-Ornithologe« starrte sie an wie ein ertappter Sünder. Und vielleicht traf das sogar zu, denn ein Stück weit vor ihm war eine Ruhebank zu sehen. Ob dort eine Person gesessen hatte, die von ihm bespannt wurde? Oder hatte er ein Liebespaar beobachtet? Momentan war dort jedenfalls niemand mehr.

»F-Frau Sander«, stammelte Manning. »Und Herr Moll ist auch da … ich habe gerade eine Küstenseeschwalbe beobachtet. Aber jetzt ist sie leider weggeflogen.«

»Ihre Vögel kenne ich«, gab Mona trocken zurück. »Kommen Sie mit, wir haben eine Frage an Sie.«

Der Vogelkundler rappelte sich vom Boden auf und folgte ihr brav. Die Kommissarin, ihr Kollege und Manning gingen bis zu dem Pfad, wo man die tiefen Reifenabdrücke erkennen konnte. Sie sagte: »Gestern war hier in der Greunen Stee ein Radfahrer unterwegs, der vermutlich eine schwere Last auf dem Gepäckträger hatte. Ich gehe davon aus, dass er schieben musste. Haben Sie ihn gesehen?«

Manning zögerte einen Moment, er schien nachzudenken. Dann nickte er eifrig: »Ja, ich erinnere mich! Das war ein schmächtiger junger Kerl. Ich habe mich schon gewundert, dass er mit dem Gewicht überhaupt zurechtkam. Er hatte so eine Plastikwanne mit geschlossenem Deckel auf dem Fahrrad. Er fluchte, als er sein Gefährt Richtung Strand schob. Und es gluckste in dem Gefäß, das konnte ich deutlich hören.«

Manning war ein guter Beobachter, was angesichts seiner Vorlieben nicht verwunderlich war. Mona hakte nach: »Sehr schön, und nun brauchen wir noch eine genauere Beschreibung von dem Mann und dem Rad.«

»Es war ein gelbes Mountainbike. Den Jüngling schätze ich auf zwanzig Jahre, höchstens fünfundzwanzig. Er trug eine knielange Khakihose, Turnschuhe und ein schwarzes ärmelloses T-Shirt. Seine Haare sind blond und reichen bis zu den Schultern.«

Die Kommissarin konnte ihre Aufregung nur schwer verbergen.

»Das wäre für den Moment alles, Herr Manning«, sagte sie. »Wir wünschen Ihnen noch einen schönen Tag. Und tun Sie bitte nichts, was Sie mit dem Gesetz in Konflikt bringen könnte.«

»Selbstverständlich nicht«, behauptete der Vogelkundler und machte sich so schnell wie möglich aus dem Staub.

Enno wartete, bis er außer Hörweite war.

»Du kennst den Verdächtigen«, sagte er seiner Kollegin auf den Kopf zu.

»Zumindest habe ich ihn schon mehrfach gesehen«, erwiderte Mona. »Er hat im Lokal meines Freundes einmal ein Bier getrunken, und auf seinem gelben Mountainbike ist er öfter im Hafen unterwegs. Dort sah ich ihn zwei oder drei Mal an Bord der *Borkumriff IV* gehen. Es würde mich nicht wundern, wenn er dort sein Freiwilliges Soziales Jahr macht.«

Der Ostfriese nickte. Wie jeder Insulaner kannte er die Geschichte des Feuerschiffs, und auch Mona war inzwischen darüber informiert. Um die Seefahrt vor den tückischen Gewässern rund um das Eiland zu schützen, waren in früheren Zeiten Feuerschiffe als »schwimmende Leuchttürme« eingesetzt worden. Die *Borkumriff IV* wurde 1988 außer Dienst gestellt und lag seitdem im Schutzhafen der Insel vertäut. Ein Verein bemühte sich seitdem unermüdlich um die Erhaltung des maritimen Denkmals, das inzwischen als Informationszentrum über den Nationalpark Wattenmeer diente. Und das Standesamt Borkum führte in der Offiziersmesse des Schiffs regelmäßig Trauungen durch, die gewiss nicht nur für Seefahrtfans unvergesslich waren.

Die Kriminalisten gingen zur Polizeistation zurück und holten ihren Dienstwagen. Auf der Fahrt zum Inselhafen war Mona zunächst in Gedanken versunken, bis sie ihr Schweigen brach: »Falls dieser FSJler wirklich etwas mit dem Mord zu tun hat, muss es einen Komplizen geben. So, wie er gebaut ist, hätte er niemals einen erwachsenen Mann allein in das Aquarium wuchten können.«

»Vielleicht ist er ja nur ein Zeuge, der mit dem Tötungsdelikt gar nichts zu tun hat«, schlug Enno vor. Er fuhr fort: »Bisher scheint er ja nur für das Verschwinden der Hummer verantwortlich zu sein.«

Es dauerte nicht lange, bis die beiden den Hafen erreicht hatten. Die *Borkumriff IV* war mit ihrem knallrot lackierten Rumpf und dem fest installierten Leuchtfeuer schon von Weitem ein Blickfang. Der Oberkommissar parkte in der Nähe, und die Ermittler bewegten sich auf die Gangway zu. Eine junge Frau war gerade damit beschäftigt, das Achterdeck zu schrubben. Mona kannte die Blonde ebenfalls. Sie hieß Meike und machte an Bord ein Praktikum. Die Kommissarin hatte sich einige Male an Jans Tresen kurz mit ihr unterhalten. Daher kannte Meike sowohl ihren Namen als auch ihren Beruf. Sie winkte den Ermittlern lachend zu und rief: »Moin, Mona! Was machst du denn hier? Willst du mich verhaften?«

Die Kommissarin unterdrückte einen Fluch, denn das Überraschungsmoment konnte sie nun vergessen. Falls der Verdächtige sich in der Nähe befand, war er jetzt gewarnt. Und genau dies schien geschehen zu sein, denn sie bemerkte nun von der Gangway aus einen blonden Haarschopf, der ein Stück weit von Meike entfernt plötzlich verschwand. Eine Kajütentür wurde mit lautem Knall zugeschlagen.

»Polizei! Stehen bleiben!«, rief Mona. Sie machte ein paar schnelle Sätze vorwärts und sprang an Deck. Die Praktikantin schaute sie verdutzt an. Allmählich schien sie zu kapieren, dass die beiden tatsächlich wegen einer Verhaftung gekommen waren.

»Meike, wie heißt der Typ, der gerade abgehauen ist?«

»Carsten Jolter, aber warum fragst du? Der ist doch total harmlos, was soll der denn ausgefressen haben?«

Mona antwortete nicht. Stattdessen riss sie die Tür auf, hinter der Jolter verschwunden war. Vor ihr lag ein langer Gang. Sie hielt einen Moment lang inne und lauschte. Es klang, als ob jemand auf einer Stahltreppe lief. Die Kommissarin rannte vorwärts und fand hinter einer Ecke des Korridors wirklich Eisenstufen, die nach oben führten. Sie ging nicht davon aus, dass der Flüchtende einen ausgefeilten Plan hatte. Vermutlich wollte er einfach bloß versuchen, sich möglichst schnell aus der Affäre zu ziehen. Doch das konnte nicht funktionieren, denn er rannte nun Richtung Kommandobrücke. Und dort war Endstation.

Während ihr diese Gedanken durch den Kopf schwirrten, erreichte sie das obere Ende der Treppe, die an Bord eines Schiffs »Aufgang« genannt wurde. Mona stand nun auf dem Brückennock, der kleinen Freiluft-Plattform unmittelbar neben der Kommandobrücke. Und vor sich hatte sie Jolter. Er sah genauso aus, wie Manning den jungen Mann mit dem Fahrrad beschrieben hatte. Jolter warf ihr einen erstaunten Blick zu. So, als ob er nicht glauben könne, dass die Polizei ihn wirklich aufgespürt hatte.

»Moin, ich bin Kommissarin Sander. Und ich möchte einfach nur mit Ihnen reden.«

Monas beruhigende Worte verfehlten ihre Wirkung auf Jolter. Jedenfalls flankte er über die Brückennock-Reling. Gleich darauf ertönte ein schriller Schmerzensschrei. Die Ermittlerin eilte nach vorn und blickte hinab. Jolter hatte offenbar versucht, auf das Deck hinunterzuspringen und von dort aus weiter zu flüchten. Jetzt wollte er sich wieder aufrappeln, aber sein linker Fuß spielte nicht mit. Stöhnend ging er erneut zu Boden. Mona kehrte um und lief zu der Stelle, wo der Verdächtige seinen Sprung unglücklich beendet hatte. Meike und Enno waren bereits bei ihm. Der Oberkommissar forderte telefonisch einen Rettungswagen an.

»Was machst du denn für Sachen, Carsten?«, rief die Praktikantin erschrocken. »Du hast doch gar nichts angestellt – oder etwa doch?«

Jolter antwortete nicht. Seine verzerrten Gesichtszüge ließen den Schluss zu, dass er Schmerzen hatte.

»Die Ambulanz ist schon unterwegs«, teilte Enno dem Verdächtigen mit. »Ich bin übrigens Oberkommissar Moll, und das ist Kommissarin Sander. Wir sind von der Polizei Borkum und wollten uns eigentlich nur ganz locker mit Ihnen unterhalten.«

Die väterliche Art des älteren Kriminalisten schien Jolter etwas zu beruhigen. Er sagte nichts, leistete aber auch keinen Widerstand, was Mona als einen Teilerfolg wertete.

Schon bald traf der Rettungswagen ein. Der Notarzt benötigte nicht lange für seine Diagnose: »Das Fußgelenk scheint verstaucht zu sein, sicherheitshalber werden wir es aber auch röntgen.«

Der Verdächtige protestierte nicht. Die Sanitäter hoben ihn auf eine Trage und schafften ihn von Bord. Die Kommissare schauten der Ambulanz nach, die wenig später mit heulenden Sirenen Richtung Ortskern fuhr. Dort befand sich das Stadtkrankenhaus Borkum.

Kapitel 6

Die Praktikantin stand an der Reling. Sie kam aus dem Kopfschütteln nicht heraus. Sie sagte:»Ich kenne Carsten jetzt seit drei Monaten, so ein Verhalten passt überhaupt nicht zu ihm.«

»Wie würdest du ihn denn beschreiben, Meike?«

»Carsten ist ein ruhiger Mann, beinahe etwas langweilig. Ich weiß nicht viel über ihn. Er liebt die Natur und träumt von einem einfachen Leben auf dem Land, am besten an der Küste.«

»Weißt du, ob er irgendetwas mit dem *Hummerhafen* zu tun hat?«, fragte die Kommissarin.

Meike lachte und antwortete:»Du meinst dieses Luxuslokal in der Süderstraße, oder? Hat das nicht seit Monaten geschlossen? Und selbst wenn es geöffnet wäre – du glaubst doch nicht, dass ein armer FSJler sich dort ein Essen leisten könnte?«

»Das habe ich auch nicht behauptet. Aber vielleicht interessiert Carsten Jolter sich ja allgemein für Krustentiere«, meinte Mona.

Die Praktikantin zuckte mit den Schultern und erwiderte:»Darüber weiß ich nichts. Wie gesagt, er ist ein eher stiller Typ.«

Die Kommissare bedankten sich bei Meike und verließen das Schiff über die Gangway.

»Stille Wasser sind tief«, philosophierte der Oberkommissar, als sie ins Auto stiegen.

»Dafür bist du ja das beste Beispiel, Enno.«

»Wenn ich so auf dich wirke …« Der Ostfriese beendete den Satz nicht, sondern wechselte das Thema:»Wir sollten jetzt dringend einen Krankenbesuch machen. Ich weiß nicht, wie schlimm es um Jolters Fuß steht – aber vielleicht versucht er wegzuhumpeln, falls die Verletzung nicht zu ernst ist.«

Mona meinte:»Inzwischen hatte er ja etwas Zeit zum Nachdenken. Vielleicht hat er kapiert, dass man sich auf einer Insel nur begrenzt dem Zugriff des Gesetzes entziehen kann.«

Es dauerte nicht lange, bis die beiden bei dem kleinen Hospital in der Gartenstraße eintrafen. Einige Zeit später war der Fuß des Verdächtigen geröntgt worden. Der Mediziner sagte:»Das Gelenk ist tatsächlich verstaucht und nicht gebrochen, wie ich es schon vermutet habe. Der Patient darf das Bein einige Zeit lang nicht belasten. Mit einer Unterarmgehstütze wird er sich aber fortbewegen können.«

Die Kommissare traten in den Behandlungsraum, wo Jolter mit ausgestrecktem linken Bein auf eine Liege gebettet war. Er stemmte seinen Oberkörper hoch und warf den Polizisten einen trotzigen Blick zu.

»Ich bereue nichts!«, stieß er hervor. »Und ich würde es jederzeit wieder tun!«

Mona kniff die Augen zusammen. Dieser schlaksige junge Mann wirkte auf sie nicht wie ein eiskalter Killer. Außerdem sahen seine dünnen Arme nicht so aus, als ob er damit einen erwachsenen Mann unter Wasser hätte drücken können. Sie hakte nach: »Also wollen Sie den Mord gestehen?«

Jolter schaute sie an, als ob sie den Verstand verloren hätte.

»Was für ein Mord, Frau … Sander? So heißen Sie doch, nicht wahr?«

»Ja, so lautet mein Name.«

Mit diesen Worten holte sie ihr Smartphone aus der Tasche und zeigte dem jungen Mann ein Foto von der Leiche.

Jolter erschrak sichtlich.

»D-das war ich nicht!«

»Und wofür genau wollten Sie nun die Verantwortung übernehmen?«, hakte sie nach.

»Für die Befreiung dieser unschuldigen Kreaturen, die in dem Luxusschuppen verspeist werden sollten!«

»Also haben Sie die Hummer aus dem Aquarium genommen?«, vergewisserte Enno sich.

»Ja, ich habe einen unbeobachteten Moment genutzt und die Tiere in einen mitgebrachten Plastiktank gesetzt. Dann brachte ich sie zur nahe gelegenen Nordsee, wo sie wieder frei sein können. Zuvor musste ich sie natürlich noch von diesen Bändern befreien, die sie an der Nahrungsaufnahme und an der Verteidigung hindern.«

Diese Aussage deckte sich mit Monas eigenen Beobachtungen. Sie sagte: »Das müssen Sie uns etwas näher erläutern, Herr Jolter. Können Sie sich noch erinnern, wann genau Sie die Hummer aus dem Bassin holten?«

»Ist das wichtig?«

»Hallo? Wir führen hier eine Morduntersuchung, da kommt es auf jedes Detail an. Also kooperieren Sie besser mit uns«, fauchte die Kommissarin.

»Schon gut, ich konzentriere mich ja. – Ich hatte an dem Tag frei, deshalb beobachtete ich das Lokal schon seit dem Vormittag. Ich hatte mitbekommen, dass der *Hummerhafen* abends wiedereröffnet werden sollte.«

»Woher wussten Sie das?«, fragte Enno.

»Ich habe am Yachthafen ein Gespräch zwischen zwei Seglern aufgeschnappt, von denen einer wohl eine Einladung bekommen hatte. Ich wurde sofort hellhörig. – Hummer sind ganz besondere und intelligente Wesen, die nicht einfach im Kochtopf landen sollten. Ich habe mich gefreut, als der vorherige Besitzer des Lokals im Knast landete und der Laden dichtmachen musste. Mit meiner Aktion wollte ich ein Zeichen setzen.«

»Uns interessiert momentan hauptsächlich die Uhrzeit«, erinnerte die Kriminalistin.

»Es muss so kurz nach 14 Uhr gewesen sein«, erwiderte Jolter. »Da kam nämlich ein LKW mit Ware, und diverse Mitarbeiter halfen beim Abladen. Niemand bemerkte mich, als ich den *Hummerhafen* durch den Hintereingang betrat. Und da sah ich auch schon die Tiere im Aquarium. Ich hatte meine Plastikwanne dabei. Es dauerte nur ein paar Minuten, mir die Hummer zu schnappen und mit ihnen zu fliehen. Ich glaube nicht, dass mich jemand bemerkt hat.«

Mona stellte sich die Situation bildlich vor. Sie hakte nach: »War das Aquarium mit einem Tuch abgedeckt?«

Der junge Mann warf ihr einen verständnislosen Blick zu.

»Warum hätte es abgedeckt sein sollen?«

»Beantworten Sie doch einfach die Frage.«

»Nein, Frau Sander. Da war kein Tuch. Ich konnte die Tiere schon von Weitem sehen.«

Wenn diese Aussage stimmt, dann hat Marlies Aschendorf gelogen, dachte die Kriminalistin. Die Gattin des Lokalbesitzers war ihr sowieso schon nicht ganz astrein vorgekommen – so, als ob die Dame etwas zu verbergen hätte. Und warum sollte Jolter das Vorhandensein eines Tuchs leugnen, nachdem er den Diebstahl so freimütig gestanden hatte? Die Ermittlerin war momentan geneigt, dem jungen Mann zu glauben. Sie zeigte ihm erneut das Bild des Toten.

»Wir brauchen Ihre Hilfe«, erklärte sie, »denn noch kennen wir den Namen dieses Mannes nicht. Haben Sie ihn gesehen, als er noch gelebt hat?«

Jolter presste die Lippen aufeinander. Es gefiel ihm offenbar nicht, den Leichnam genauer betrachten zu müssen. Aber er weigerte sich nicht.

»Es tut mir leid, Frau Sander – aber sicher bin ich mir nicht. Verstehen Sie, ich habe das Restaurant ja aus einiger Entfernung beobachtet, bevor ich hineingegangen bin. Manche von den Angestellten habe ich nur von hinten oder von der Seite gesehen. – Nee, ich möchte mich da nicht festlegen.«

Seine Worte kamen der Kommissarin aufrichtig vor. Dennoch musste sie noch eine Sache klären: »Warum haben Sie die Hummer entwendet? Aus Liebe zur Natur oder weil Sie persönlich etwas gegen Aschendorf haben?«

»Wer soll das sein?«

»Der neue Besitzer vom *Hummerhafen*«, antwortete Mona.

»Ich wusste nicht, wie er heißt. Und ich kenne ihn gar nicht. Mir reicht es, dass diese wunderbaren Tiere bei ihm auf der Speisekarte landen sollten.«

Die Kommissare hatten sich Notizen gemacht. Enno sagte: »Das wäre für den Moment alles. Bitte kommen Sie heute oder morgen zur Polizeiwache, damit wir Ihre Angaben schriftlich protokollieren können. Ansonsten wünschen wir Ihnen gute Besserung.«

Jolter wirkte erstaunt: »Ich bin nicht verhaftet?«

»Sie sind ja geständig, das ist die Hauptsache. Und falls wir noch etwas von Ihnen erfahren müssen, wissen wir ja, wo wir Sie finden.«

Mit diesen Worten verließ Mona das Krankenhaus. Draußen atmete sie erst einmal tief durch, denn der Geruch nach Desinfektionsmitteln gefiel ihr nicht. Auch Enno war vor die Tür getreten.

»Der Bursche kam mir glaubwürdig vor«, meinte er.

»Du sagst es, Kollege. Für den Diebstahl wird er sich verantworten müssen, aber bezüglich des Mordes können wir ihn als Verdächtigen erst einmal ausklammern – jedenfalls, solange wir keine ihn belastenden Fakten in Erfahrung bringen. – Aber Marlies Aschendorf hat entweder bewusst falsche Angaben gemacht oder sie war einfach zu verwirrt.«

Nachdem der Oberkommissar den letzten Satz beendet hatte, gähnte er verhalten.

»Du brauchst jetzt einen Koffein-Kick«, behauptete Mona. »Das trifft sich gut, denn wir wollten noch Pieter Brugge genauer unter die Lupe nehmen.«

»Ja, das sollten wir tun – obwohl ich bezweifle, dass man im *Anker Pier* einen anständigen Tee bekommt.«

Für einen echten Inselfriesen wie Enno Moll war ein starker Schwarztee das einzig vorstellbare Aufgussgetränk. Obwohl Mona nicht auf der Insel aufgewachsen war, hatte sie die Sitte des gemeinsamen Teetrinkens gern angenommen, obwohl es bei ihr gelegentlich auch nochmal einen Kaffee gab.

Als die Kommissare einige Zeit später in dem Lokal an der Promenade eintrafen, war das Nachmittagsgeschäft bereits in vollem Gang. Sie suchten sich einen Tisch im Außenbereich, von dem aus man einen schönen Blick auf den Südstrand und die Nordsee hatte.

»Ich habe es geahnt«, raunte Enno seiner Kollegin zu.

»Was meinst du?«

»Der Herr am Nebentisch hatte einen« – er machte eine dramatische Kunstpause – »*Beuteltee.* – Dann ist ja wohl eindeutig, was ich hier nicht bestellen werde. Und gegen meine Müdigkeit hilft auch die frische Luft.«

Mona lachte und bestellte bei der Kellnerin ein Mineralwasser für den Oberkommissar und einen Espresso für sich. Außerdem sagte sie: »Wir möchten gern mit Herrn Brugge sprechen.«

»Ich weiß nicht, ob er gerade Zeit hat …«, gab die Bedienung zurück.

»Oh, ich bin sicher, dass Ihr Chef für uns ein paar Minuten erübrigen kann.«

Mit diesen Worten zeigte sie ihren Dienstausweis. Die Kellnerin nickte und kehrte wenig später mit den Getränken zurück.

»Herr Brugge wird gleich bei Ihnen sein«, versicherte sie. Mona hatte gerade erst einen Schluck von ihrem Espresso getrunken, als ein großer Mann mit einem ausgeprägten Bierbauch an ihrem Tisch erschien. Er trug ein weißes Oberhemd und eine schwarze Hose. Sie kannte den *Anker-Pier*-Besitzer bereits vom Sehen, und aus nächster Nähe fand sie ihn keineswegs sympathischer als zuvor.

»Moin, was kann ich für die Herrschaften von der Polizei tun?«, fragte Pieter Brugge. Er sprach mit leichtem niederländischen Akzent, war aber gut zu verstehen.

»Nehmen Sie doch bitte Platz«, sagte Enno. Er nannte zunächst Monas und seinen eigenen Namen. Dann sagte er: »Haben Sie mitbekommen, was sich gestern bei der Neueröffnung vom *Hummerhafen* ereignet hat?«

Brugge grinste breit.

»Natürlich, Borkum ist eine kleine Insel. Und obwohl ich nicht dort gewesen bin, haben mir ein paar Bekannte davon erzählt. Aschendorf dürfte keinen einfachen Start haben, nachdem bei ihm eine Leiche gefunden wurde.«

»Ihr Mitgefühl scheint sich in Grenzen zu halten«, stellte Mona fest.

»Ich bin nur ehrlich«, behauptete der Lokalbesitzer. »Dieser Hotelschleimer aus Norderney wollte mich auch einladen. Ich sagte ihm, er soll sich zum Teufel scheren. Wie sagt man noch auf Deutsch: ›Schuster, bleib bei deinen Leisten.‹ Warum muss er unbedingt auch noch in der Borkumer Gastronomie herumfuhrwerken?«

»Haben Sie Angst vor der Konkurrenz?«

»Ich fürchte mich vor gar nichts, Frau Sander!«

Die Kommissarin ging nicht auf die Bemerkung ein. Stattdessen zeigte sie Brugge das Foto des Toten.

»Haben Sie die Person schon mal gesehen?«

Der Lokalbesitzer zögerte kurz, dann grinste er breit.

»Wie gut, dass ich die deutschen Gesetze respektiere. Ich würde niemals eine Falschaussage machen«, behauptete er. Seine selbstgefällige Art ging Mona auf den Wecker.

»Wie schön, dass Sie ein braver Bürger sind, Herr Brugge! Könnten Sie bitte meine Frage einfach beantworten, anstatt in Rätseln zu sprechen?«

Der Gastronom bedachte erst die Kommissarin und dann Enno mit einem triumphierenden Blick. Er sagte: »Sie werden gleich verstehen, worauf ich hinauswill. – Bevor Sie zu mir kamen, erhielt ich überraschenden Damenbesuch – und zwar von Marlies Aschendorf!«

Also hat sie sich für Brugge so aufgebretzelt?, dachte die Ermittlerin. Damit hatte sie wirklich nicht gerechnet. Bevor sie sich über diesen Punkt weitere Gedanken machen konnte, fuhr der Gastwirt fort: »Die Gattin meines Konkurrenten wollte mich umgarnen, und ich spielte zum Schein mit. Sie flehte mich an, ihr zu helfen.«

»Was sollten Sie für die Dame tun?«, wollte Mona wissen.

»Sie berichtete mir von dem Toten im *Hummerhafen.* Ich hatte ja schon von anderen Bekannten gehört, dass es dort einen Leichenfund gab. Marlies Aschendorf wollte nicht mit diesem Mann in Verbindung gebracht werden.«

»Gibt es denn eine Beziehung zwischen ihr und dem Toten?«

»Diese Frage habe ich ihr auch gestellt, Frau Sander. Sie ging nicht darauf ein. Stattdessen bat sie mich, der Polizei eine Lügengeschichte aufzutischen – für den Fall, dass man mich auf die Ereignisse im *Hummerhafen* ansprechen sollte.«

»Und was für ein Märchen sollten Sie uns erzählen?«, fragte Enno.

»Frau Aschendorf rechnete damit, dass Sie mir ein Foto des Toten zeigen würden«, antwortete Brugge. »Ich sollte Ihnen dann mitteilen, dass dieser Mann gestern in Begleitung einer zierlichen Asiatin im *Anker Pier* gewesen wäre und sich mit dieser Frau gestritten hätte.«

»Hat Marlies Aschendorf diese Lüge auch begründet?«, hakte der Ostfriese nach.

Brugge schüttelte den Kopf.

»Sie beteuerte nur, dass sie mit dem Tod des Mannes nichts zu schaffen hätte.«

»Ich glaube Ihnen nicht«, stellte Enno klar. »Warum hätten Sie für eine Fremde lügen sollen, und dann noch im Zusammenhang mit einer Mordermittlung?«

Bevor der Gastronom reagieren konnte, sagte Mona: »Ich hingegen denke, dass Herr Brugge wirklich von Frau Aschendorf angesprochen wurde und sie ihn entsprechend motiviert hat. – Ist dir der rote Fleck an seinem Hemdkragen gar nicht aufgefallen? Der wurde garantiert nicht durch Kirschsaft, sondern durch Marlies Aschendorfs Lippenstift verursacht. Sie wird schon wissen, wie sie einen Mann um den kleinen Finger wickelt!«

Brugge blinzelte der Kriminalistin zu.

»Ich bin eben auch nur ein Mann, was soll ich machen? – Auf jeden Fall werde ich keine Straftat begehen, damit eine verheiratete Frau in meiner Schuld steht. So dumm bin ich nicht.«

»Wenn Sie das sagen«, gab Mona kühl zurück. »Auf jeden Fall muss ich Sie bitten, später zur Polizeiwache zu kommen, damit wir Ihre Aussage schriftlich protokollieren können.«

»Selbstverständlich«, erwiderte Brugge und warf ihr einen langen Blick zu, den man als Flirtversuch hätte deuten können. Die Kommissarin stand auf und wollte Geld für die Getränke auf den Tisch legen. Der Gastwirt hob abwehrend die Hände.

»Die Rechnung geht aufs Haus!«

»Wenn Sie so gesetzestreu sind, dann sollten Sie wissen, dass wir eine solche Einladung nicht annehmen dürfen. – Schönen Tag noch, Herr Brugge!«

Mit diesen Worten verabschiedete sich die Kriminalistin, nachdem sie den Geldschein auf die Tischplatte gelegt hatte.

Ihr Kollege folgte ihr und sagte:

»Danke übrigens für das lauwarme Wasser.«

»Gern geschehen, Enno. Du hast ja auch schon oft genug für mich bezahlt. – Was denkst du über Brugge?«

»Er ist kein netter Mensch, aber seine Aussage könnte unsere Ermittlungen voranbringen. Ich ärgere mich, weil ich den Lippenstiftfleck nicht bemerkt habe. Ich werde wohl alt.«

»Unsinn, du hattest bloß deine Brille nicht aufgesetzt«, erwiderte Mona und kniff ihm spielerisch in die Wange. »Nehmen wir mal an, dass der Gastronom die Wahrheit gesagt hat – warum will Marlies Aschendorf uns glauben lassen, dass der Unbekannte mit einer Frau aus Fernost zusammen war? Sie will dadurch unsere Ermittlungen in eine falsche Richtung lenken. Ein anderer Grund fällt mir auf Anhieb jedenfalls nicht ein.«

Der Oberkommissar hob seinen rechten Zeigefinger und ergänzte: »Richtig, und daraus lässt sich nur ableiten, dass es sehr wohl eine Verbindung zwischen dem Opfer und Marlies Aschendorf gibt.«

»Wir können sie festnageln, weil sie falsche Angaben zu den zeitlichen Abläufen vor der Eröffnungsfeier gemacht hat und weil Brugge für sie lügen sollte«, schlug die Kommissarin vor.

Ihr Kollege wiegte den Kopf.

»Das wird leider nicht reichen, Mona. Was die Zeiten angeht, kann sie sich mit einem angeblichen Irrtum herausreden. Und es gibt keinen Beweis dafür, dass der Gastwirt die Geschichte mit der Asiatin erfinden sollte. Da steht dann Aussage gegen Aussage.«

Sie seufzte.

»Du hast ja recht, wie immer. – Wir sollten die übrigen Anwesenden der gestrigen Feier befragen. Irgendjemand muss etwas bemerkt haben, und …«

Monas Smartphone klingelte. Sie meldete sich mit Namen und Dienstgrad.

»Moin, Frau Sander. Hier spricht Dr. Schlüter vom gerichtsmedizinischen Institut Oldenburg. Ich habe soeben mit der Obduktion der männlichen Leiche begonnen, die wir von Ihnen bekommen haben.«

»Das ging ja schnell.«

»Ja, aktuell ist hier zum Glück nicht viel los. – Der Kollege vor Ort hat ja korrekterweise als Todesursache Ertrinken diagnostiziert. Der

Tote litt auch an Diabetes, aber diese Krankheit hat auf seinen Tod keinen Einfluss gehabt. Wir müssen von Fremdeinwirkung ausgehen.«

»Konnten Sie Abwehrverletzungen feststellen?«, fragte die Kommissarin nach.

»Nein, und das würde mich auch wundern.«

»Aus welchem Grund, Herr Doktor?«

»Dem Opfer wurde eine Ladung Ketasin gespritzt.«

»Von dieser Substanz habe ich noch nie etwas gehört.«

»Ketasin findet in der Tiermedizin Verwendung, Frau Sander. Die Dosis hätte ausgereicht, um ein ausgewachsenes Pferd flachzulegen. Dieser Mann hatte keine Chance, sich gegen den Tod durch Ertrinken zu wehren.«

Kapitel 7

Enno schaute seine Kollegin gespannt an. Vermutlich konnte er an ihrem Gesichtsausdruck ablesen, dass sie soeben eine wichtige Neuigkeit erfahren hatte. Sie hakte nach: »In welcher Form wurde dem Opfer dieses Mittel verabreicht?«

»Durch eine Spritze, die professionell gesetzt wurde«, entgegnete der Gerichtsmediziner. Er fügte hinzu: »Theoretisch wäre es auch möglich, dass es eine andere Ursache für die Einstichstelle am Arm gibt. Wie gesagt – die Person litt an der Zuckerkrankheit und musste sich selbst Insulin spritzen. Aber ich gehe davon aus, dass der Mann mit dem Ketasin betäubt wurde, um jeden Widerstand im Keim zu ersticken.«

»Ich verstehe. – Haben Sie noch weitere Informationen für uns?«

»Die männliche Person litt nicht unter weiteren Vorerkrankungen und war Anfang bis Mitte dreißig. Der gute Allgemeinzustand und die kostspieligen Zahnimplantate lassen die Schlussfolgerung zu, dass es sich um keinen armen Menschen gehandelt hat.«

Mona bedankte sich und beendete das Telefonat. Dann teilte sie dem Oberkommissar die neuen Informationen mit.

»Marlies Aschendorf hat angegeben, eine studierte Tiermedizinerin zu sein«, unterstrich Enno.

»Du sagst es! Also wird sie wissen, was für eine Wirkung diese Substanz hat. Das ist ein weiterer Grund, die Dame gründlich ins Gebet zu nehmen.«

»Wir sollten aber nicht die Beherrschung verlieren, Mona.«

»Du kennst mich doch.«

»Genau darum wollte ich dir ein wenig den Wind aus den Segeln nehmen.«

»Ja, Papa«, scherzte die Kommissarin. Sie fügte hinzu: »Du bist ja bei mir und kannst mich bremsen, wenn ich zu sehr in die Vollen gehe.«

Während die beiden miteinander sprachen, gingen sie auf die Kirchstraße zu. Ihnen war nicht bekannt, ob Marlies Aschendorf sich nach dem Besuch bei Brugge wieder nach Hause begeben hatte. Natürlich hätten sie die Verdächtige anrufen können, aber Mona wollte das Überraschungsmoment nicht verlieren. Sie hoffte, dass die Ehefrau des Restaurantbesitzers nicht so bald mit einem neuerlichen Polizeibesuch rechnete. Als sie die Kirchstraße erreicht hatten und der Oberkommissar klingelte, wurde ihnen tatsächlich von Marlies Aschendorf geöffnet. Falls sie wegen des Erscheinens der Kriminalisten beunruhigt war, ließ sie es sich jedenfalls nicht anmerken.

»Sie finden meinen Mann beim *Hummerhafen*. Er wartet darauf, dass Ihre Kollegen von der Spurensicherung das Lokal freigeben.«

»Wir möchten momentan sowieso mit Ihnen sprechen, Frau Aschendorf«, erklärte Mona. »Bitte begleiten Sie uns zur Wache.«

»Warum sollte ich das tun?«, fragte die Verdächtige und hob ihre Augenbrauen.

»Ich denke, das wissen Sie ganz genau«, erwiderte die Kommissarin und schaute Marlies Aschendorf direkt in die Augen. Diese Frau wirkte sehr selbstsicher, aber vielleicht war das nur Fassade. Ihr musste doch klar sein, dass die Polizei bei der Obduktion auf das Tier-Betäubungsmittel stoßen würde. Oder? Mona hatte schon öfter die Erfahrung gemacht, dass sich selbst höchst raffiniert vorkommende Verbrecher heftige Schnitzer erlaubten und dadurch letztlich überführt wurden.

»Wenn Sie meinen«, gab Marlies Aschendorf kühl zurück. Sie griff nach einer Strickjacke und ihrer Handtasche und stolzierte mit hoch erhobenem Haupt Richtung Strandstraße. Auf dem kurzen Weg zur Dienststelle ordnete Mona ihre Gedanken. Sie hielt die Gattin des Restaurantbesitzers für eine Frau, die ihre Emotionen sehr gut im Griff hatte. Solange die Identität des Toten ungeklärt war, würde der Kommissarin und ihrem Kollegen nichts anderes übrigbleiben, als die Schwachstellen in Marlies Aschendorfs Aussagen zu betonen. In der Polizeiwache führte Mona die Verdächtige sofort in den Verhörraum, während ihr Kollege noch kurz in ihr Dienstzimmer ging. Sie fragte: »Haben Sie Waffen oder spitze Gegenstände bei sich, an denen ich mich verletzen könnte? Ich taste Sie jetzt ab.«

»Ich habe eine Nagelfeile bei mir, Frau Sander. Sie etwa nicht?«

Die Kriminalistin ging auf die Bemerkung nicht ein, sondern begann mit der Leibesvisitation. Sie stellte fest, dass die Frau keine Waffe am Körper trug.

»Ich werde jetzt einen Blick in Ihre Handtasche werfen«, kündigte sie an.

»Ist das wirklich auch noch nötig?«

Die Frage wurde von Enno beantwortet, der inzwischen zu den beiden Frauen gestoßen war: »Wir vernehmen Sie als Beschuldigte einer Straftat. Sie stehen im Verdacht, den noch unbekannten Mann im *Hummerhafen* getötet zu haben. Sie müssen sich nicht selbst belasten und haben das Recht, sich anwaltliche Hilfe zu holen.«

Marlies Aschendorf nahm die Belehrung mit unbewegter Miene zur Kenntnis. »Was für ein Affentheater!«, sagte sie.

»Nehmen Sie bitte Platz. – Wir möchten Ihnen die Gelegenheit geben, Ihre Angaben vom Vortag noch einmal zu überdenken«, kündigte der Oberkommissar an.

Die Verdächtige zuckte mit den Schultern.

»Das wird nicht nötig sein, Herr Moll. Sie werden verstehen, dass man bei einer Lokaleröffnung nicht mit der Stoppuhr jeden einzelnen Arbeitsschritt dokumentiert. Wenn ich gewusst hätte, dass eine Leiche in unserem Aquarium schwimmt, wäre ich exakter vorgegangen.«

»Die Ironie können Sie sich sparen!«, fauchte Mona unbeherrscht. »Wir wissen inzwischen, dass die Hummer bereits kurz nach 14 Uhr verschwunden sind!«

»Ach, wirklich? Und von wem haben Sie diese Information?«, fragte Marlies Aschendorf mit kühler Stimme.

»Von dem Dieb der Krustentiere.«

Die Verdächtige lachte.

»Hören Sie sich selbst zu, Frau Sander? Warum glauben Sie einem Kriminellen?«

»Er hat das Eigentumsdelikt gestanden«, antwortete die Kommissarin, »und es gibt einen Zeugen, der ihn beim Abtransport der Tiere beobachtet hat. Übrigens kann man problemlos im Alleingang einige Hummer klauen, während die Leiche eines erwachsenen Mannes sich nicht von einer einzelnen Person in das Aquarium wuchten lässt. Außerdem sagt der Hummerdieb, dass der Behälter nicht abgedeckt war. Aus welchem Grund sollte er diese Beobachtung erfinden?«

»Ich weiß es nicht. Sie sind doch die Kriminalisten«, bemerkte Marlies Aschendorf süffisant und lächelte. Mona begriff, dass sie sich von dieser Frau nicht herausfordern lassen durfte. Die Verdächtige war nicht dumm. Sie musste bemerkt haben, dass die Kommissarin nur eine kurze Zündschnur hatte. Wenn die Ermittlerin nicht aufpasste, konnte sie sich durch unbedachte Äußerungen jede Menge Ärger einhandeln.

»Lieben Sie Ihren Mann, Frau Aschendorf?«

Diese überraschende Frage kam von Enno. Der erfahrene Kriminalist fiel nicht mit der Tür ins Haus wie seine junge Kollegin. Er machte sich üblicherweise ein Gesamtbild der Lage, wobei ihm seine genaue Beobachtungsgabe zugutekam.

»Selbstverständlich, Herr Moll. Was ist das für eine Frage?«

»Ich hatte gestern den Eindruck, dass Ihr Gatte das Opfer sehr wohl erkannt hat. Wenn wir ihn hierher bringen und intensiv über diesen Punkt sprechen – was wird wohl dabei herauskommen?«

Marlies Aschendorf presste die Lippen aufeinander. Ob sie befürchtete, dass ihr Mann eher mit der Wahrheit herausrückte als sie selbst? Mona hatte noch den Moment vor Augen, als die Leiche entdeckt wurde. Aschendorf war entsetzt gewesen, während seine Gattin erstaunliche Nervenstärke bewiesen hatte.

Wenn sie wusste, dass in dem Aquarium ein Toter liegt, erklärt dies natürlich ihren Gleichmut, dachte die Kommissarin.

»Es ist nicht nötig, dass Sie meinen Mann durch die Mangel drehen«, sagte Marlies Aschendorf mit fester Stimme. Sie fuhr fort: »Bei dem Leichnam handelt es sich um meinen Ex-Liebhaber.«

Für einen Moment herrschte Stille im Verhörraum.

»Warum haben Sie uns das nicht schon sofort gesagt?«, wollte die Ermittlerin wissen.

»Haben Sie einen Ehemann oder Freund, Frau Sander? Und wenn ja – sind Sie schon einmal fremdgegangen? Dann würden Sie wissen, dass eine Frau mit einem solchen Geständnis nicht gern hausieren geht.«

Mona war tatsächlich seit längerer Zeit mit Jan Lummer liiert, dem das Seglerlokal *Nordsee Kajüte* im Yachthafen gehörte. Sie hatte ihn zwar noch nie betrogen, aber sie wollte ihr Liebesleben ganz gewiss nicht mit einer Verdächtigen besprechen. Also stellte sie klar: »Wir sind keine Klatschkolumnisten, sondern Polizeibeamte. Ist Ihnen nicht bewusst, dass Sie sich durch Ihr Schweigen höchst verdächtig gemacht haben?«

»Sie beleidigen meine Intelligenz«, behauptete Marlies Aschendorf. »Wenn ich jemanden umbringen wollte, würde ich ihn gewiss nicht in das Aquarium im Lokal meines Ehemanns werfen.«

»Das wird sich zeigen«, gab Mona kühl zurück, »und übrigens bezweifeln wir weder Ihre Klugheit noch Ihre Fachkompetenz. Sie wussten zweifellos, mit welcher Menge an Ketasin Sie den Mann hilflos machen konnten.«

Nun wirkte die Verdächtige überrascht.

»Wollen Sie damit andeuten, dass Jannik mit diesem Medikament betäubt wurde, Frau Sander?«

»So lautet also sein Name? – Und ja, er wurde durch eine Injektion außer Gefecht gesetzt. Das Ketasin ist dem Mann offenbar sehr professionell injiziert worden, wie es beispielsweise eine Tierärztin machen könnte.«

»Und jetzt bin ich Ihre Hauptverdächtige?«, vergewisserte Marlies Aschendorf sich. »Der wahre Täter hat es offensichtlich erfolgreich geschafft, von sich selbst abzulenken.«

»Wir stehen noch ganz am Anfang unserer Ermittlungen«, erklärte Enno. Er fuhr fort: »Erzählen Sie uns einfach von Ihrem Ex-Freund. Wo haben Sie ihn kennengelernt? Wie lange waren Sie zusammen?«

»Er heißt übrigens mit vollem Namen Jannik Gröne. – Wir haben uns ungefähr ein halbes Jahr lang getroffen. Dabei sind wir sehr diskret vorgegangen, damit mein Mann nichts bemerkt.«

»Und wo sind Sie Ihrem Liebhaber begegnet?«

»Er hatte als Gast in unserem Hotel auf Norderney eingecheckt. Es funkte sofort zwischen uns, in meiner Ehe hatte schon seit einiger Zeit die Langeweile Einzug gehalten. Jannik war so ganz anders als Reinhold. Er überraschte mich, mit ihm blieb es immer spannend.«

»Wenn Sie so begeistert von ihm sind – warum ging die Beziehung dann in die Brüche?«, wollte die Kommissarin wissen.

»Ich bin kein Teenager mehr, Frau Sander. Auch wenn ich gerade eben vielleicht etwas schwärmerisch geklungen habe, so hatte Jannik durchaus seine schlechten Seiten. Manchmal verschwand er tagelang, ohne sich bei mir zu melden. Das machte mich wahnsinnig. Ich hätte mir gewünscht, dass er für mich da ist, wenn ich ihn brauche.«

»Hat Ihr Freund begründet, warum er abwesend war?«

»Er schob Geschäfte vor, Herr Moll. Doch wenn ich nachfragte, blieben seine Worte nebulös. Trotz meiner Gefühle für ihn wurde ich immer misstrauischer. In der Hotellerie entwickelt man eine gewisse Menschenkenntnis. Ich befürchtete, dass Jannik in krumme Touren verwickelt sein könnte.«

»Und als seine Geliebte wären Sie vielleicht in üble Machenschaften hineingezogen worden«, vermutete Mona.

»Genau das war mein Gedanke. Und deshalb habe ich mit Jannik Schluss gemacht.«

»Ist Ihr Ehemann Ihnen eigentlich auf die Schliche gekommen?«

Marlies Aschendorf beantwortete die Frage der Kommissarin mit einem Kopfschütteln.

»Nein, jedenfalls hat er mich nie darauf angesprochen. Reinhold kann sich nicht gut verstellen. Wenn er mein Geheimnis entdeckt hätte, wäre mir dies nicht verborgen geblieben.«

Daran hatte Mona ihre Zweifel, doch die behielt sie zunächst für sich. Auch Aschendorf würde sich später neue Fragen der Ermittler gefallen lassen müssen. Jetzt konzentrierte die Kommissarin sich zunächst ganz auf die Verdächtige.

»Sind Sie Gröne hier auf Borkum begegnet – ich meine, bevor Sie die Leiche im Aquarium gesehen haben?«

Marlies Aschendorf zögerte, dann sagte sie: »Ja, ein einziges Mal – und zwar auf der Strandpromenade. Ich war zum Glück nicht in Begleitung meines Mannes. Jannik tat so, als ob ich ihm niemals den Laufpass gegeben hätte. Er behauptete, aus der Zeitung von der geplanten Neueröffnung des *Hummerhafens* erfahren zu haben. Und er fragte, ob wir uns nicht noch einmal treffen könnten.«

»Was erwiderten Sie?«

»Natürlich ließ ich mich nicht darauf ein, Frau Sander! Ich befürchtete schon, dass dieser Mann sich als eine Klette erweisen und meine Ehe gefährden würde.«

»Darum hielten sich wohl Ihre sichtbare Trauer und Ihr Schock in Grenzen, als Ihr Gatte das Tuch zur Seite zog«, meinte Enno.

»Ist das für Sie nicht nachvollziehbar?«, fragte die Verdächtige zurück.

Mona tippte mit dem Zeigefinger auf ihren Notizblock, der auf dem Tisch lag. Sie betonte: »Fest steht, dass Sie uns nicht die Wahrheit gesagt haben. Sie sollten ab sofort kooperieren, wenn Sie weiteren Ärger vermeiden wollen. Dass Sie uns den Namen Ihres Ex-Liebhabers verraten haben, reicht nicht aus, um den Mordverdacht gegen Sie auszuräumen.«

»Also gut. Ich werde Ihnen jetzt berichten, was sich gestern wirklich ereignet hat. – Unser Team, mein Mann und ich waren vollauf mit den Eröffnungsvorbereitungen beschäftigt. Es sollte nur kalte Häppchen geben, die der Koch schon am Vormittag zubereitet hatte. In der Küche sortierten Mitarbeiter die angelieferte Ware ein. Dort war alles in Ordnung. Ich ging gegen halb drei in den Gastraum, um nach dem Rechten zu sehen. Dort erblickte ich im Aquarium den toten Jannik. Und die Hummer fehlten.«

»Warum haben Sie nicht sofort die Polizei alarmiert?«, fragte die Kommissarin.

Marlies Aschendorf antwortete: »Das wollte ich auch, aber was wäre geschehen? Sie und Ihre Kollegen hätten das gesamte Lokal zum Tatort erklärt. Und wahrscheinlich wäre auch mein Verhältnis mit Jannik ans Tageslicht gekommen.«

»Das ist ja inzwischen ohnehin geschehen«, stellte Enno trocken fest.

»Ja, leider. Ich musste also improvisieren. Versetzen Sie sich doch einen Moment lang in meine Lage. Ich habe Jannik nicht getötet, also muss ihn jemand anders auf dem Gewissen haben. Und mir fiel auf Anhieb nur mein Ehemann ein. Sollte ich Reinhold ans Messer liefern? Hatte ich ihn nicht selbst durch meine Untreue zum Mörder gemacht? Natürlich dachte ich auch daran, die Leiche zu verstecken. Es wäre noch genug Zeit bis zur Eröffnung gewesen.«

»Warum haben Sie es nicht getan?«, warf Mona ein.

»Jannik war ein großer und schwerer Mann, ich hätte ihn allein niemals aus dem Aquarium heben können. Also benötigte ich einen Helfer, und wer hätte das sein können? Mein Ehemann? Aber falls er nicht der Mörder war …«

Die Kommissarin beendete den Satz der Verdächtigen: »… dann hätte er verlangt, dass die Polizei verständigt wird. Und dadurch wäre vermutlich Ihr Verhältnis zum Opfer herausgekommen.«

»Richtig, Frau Sander. Ich beschloss, alles auf eine Karte zu setzen. Ich warf das Tuch über das Aquarium, sodass man den Toten nicht sehen konnte. Es gab ja nur zwei Möglichkeiten. Entweder hatte Reinhold meinen Liebhaber umgebracht. In dem Fall würde er gewiss nicht das Tuch wegziehen. Oder eine andere Person war für das Verbrechen verantwortlich. Dann wäre mein Mann ja völlig arglos und würde das Aquarium in dem Glauben enthüllen, dass sich nur Hummer darin befänden.«

»Sie bleiben im Polizeigewahrsam, bis wir mit Ihrem Gatten gesprochen haben«, kündigte Enno an.

Die Verdächtige nickte und erwiderte: »Ich verstehe. Wenn das so ist, dann möchte ich jetzt Kontakt mit einem Strafverteidiger aufnehmen. Ich bin nämlich unschuldig.«

Kapitel 8

Polizeimeisterin Aiske Berend brachte Marlies Aschendorf zunächst zur erkennungsdienstlichen Behandlung und danach in eine Arrestzelle. Die Kommissare verließen den Verhörraum ebenfalls.

»Was denkst du über die Dame, Enno?«

»Ich vermute, dass sie es faustdick hinter den Ohren hat. Ehrlich gesagt wäre es aus Ihrer Sicht wohl wirklich am besten gewesen, den Toten einfach zu verstecken.«

»Ja – vor allem, falls sie ihn selbst umgebracht hat«, sagte die Kriminalistin. Sie fügte hinzu: »Ein Motiv hat sie uns ja selbst auf dem Silbertablett serviert: Gröne ließ sie nicht in Ruhe, sie musste um den Fortbestand ihrer Ehe fürchten. Und falls sie nicht gelogen hat, dann war ihr Liebhaber ein zwielichtiger Charakter. Er hätte sich vielleicht auch nicht durch ein Kontaktverbot abschrecken lassen.«

»So weit kann ich dir folgen, Mona. Aber wie soll die Tat über die Bühne gegangen sein? – Gut, Gröne war weiterhin scharf auf seine Ex-Freundin. Also ahnte er nichts Böses, als sie ihn in die Falle lockte und ihm die Betäubungsspritze in den Körper jagte. Aber ab diesem Punkt wird die Geschichte für mich unrealistisch: Wer war der Komplize, der ihr dabei half, den Körper in das Aquarium zu wuchten? Und vor allem: Warum sollte die Leiche dort platziert werden? Wäre es aus Sicht von Marlies Aschendorf nicht viel sinnvoller gewesen, den Toten irgendwo zu verscharren? Dann hätte sie jedenfalls keine Entdeckung fürchten müssen.«

»Ja, das passt nicht – noch nicht«, betonte Mona. Sie fügte hinzu: »Wir kennen noch längst nicht alle Fakten dieses Falls. Hoffen wir, dass der Ehemann uns weitere Erkenntnisse liefert.«

Der Oberkommissar nickte und sagte: »Zuvor werden wir den Chef auf den neuesten Stand bringen müssen.«

Oltbeck reagierte geradezu begeistert, als die Ermittler ihm wenig später in seinem Büro ihre Fortschritte mitteilten.

»Also haben Sie die Mörderin bereits verhaften können? Da haben Sie wirklich schnell und effektiv gearbeitet.«

Das tun wir doch immer, dachte Mona. Sie sagte: »Noch steht nicht fest, ob Marlies Aschendorf die Tat wirklich begangen hat. Bisher leugnet sie noch.«

»Wundern Sie sich darüber, Frau Sander? Welche Verbrecherin versucht denn nicht, eine lebenslängliche Haftstrafe zu vermeiden? Was ist denn mit diesem Dingsda, diesem Betäubungsmittel ...«

»Ketasin.«

»Danke, Herr Moll. – Ich bemühe mich um einen Durchsuchungsbeschluss. Vielleicht hat die Dame ja noch einen größeren Vorrat von der Substanz irgendwo gehortet.«

»Man kann einer Tierärztin – auch wenn sie schon lange nicht mehr praktiziert – schlecht vorwerfen, dass sich Tiermedizin in ihrem Besitz befindet. Sie kann sich das Medikament gewiss jederzeit beschaffen«, wandte Mona ein, doch der Dienststellenleiter wischte ihren Einwand beiseite: »Suchen Sie kein Haar in der Suppe, sondern sorgen Sie für eine lückenlose Beweiskette. Wenn Sie dieses Ketasin im Besitz der Verdächtigen finden, kann die Staatsanwaltschaft wahrscheinlich sogar auf ein Geständnis verzichten!«

Mona begriff, dass momentan eine weitere Diskussion sinnlos war. Sie beschränkte sich darauf, die Augen zu verdrehen. Ihr Vorgesetzter würde sich erst überzeugen lassen, wenn ein anderer Mörder geständig war. Die kurze Besprechung war vorerst beendet.

Die Kommissare verließen die Polizeistation und gingen Richtung Süderstraße. Bei dem schönen Wetter waren zahlreiche Touristen unterwegs. Mona und Enno machten einen kleinen Umweg, indem sie erst die Bismarckstraße hinuntergingen und dann auf der breiten Strandpromenade nach links Richtung *Heimliche Liebe* schlenderten. Die Ermittlerin genoss den Ausblick auf die von der Sonne beschienene Nordsee immer wieder. Sie sagte: »Wir müssen mehr über diesen Gröne herausfinden, Enno. Wir sollten die Kollegen auf Norderney kontaktieren. Falls er wirklich in dubiose Machenschaften verwickelt ist, haben sie ihn vielleicht schon auf dem Radar.«

»Ja, das ist eine gute Idee. Und die Befragung des Personals und der Gäste steht auch noch auf dem Programm.«

»Ich habe mich wirklich schon auf einen langen Arbeitstag eingestellt«, gab die Kommissarin seufzend zurück.

Als sie den *Hummerhafen* erreichten, kam ihnen Aschendorf bereits entgegen. Er rieb sich die Hände, als ob er sie ohne Wasser und Seife waschen wollte. Sein linkes Augenlid zuckte. Mona musste keine Psychologin sein, um ihm seine Nervosität anzumerken.

»Gut, dass Sie kommen!«, rief er den Beamten zu. »Meine Frau geht nicht ans Telefon. Sie hat ihr Handy ständig bei sich, und ich mache mir allmählich Sorgen.«

»Dafür gibt es keinen Anlass, es geht ihr gut«, versicherte Mona.

»Woher wollen Sie das wissen?«

»Wir haben gerade noch mit ihr gesprochen, sie befindet sich nämlich auf der Polizeiwache.«

Mit dieser Neuigkeit schien Aschendorf nicht gerechnet zu haben. Er öffnete den Mund, aber Enno hob die Hand: »Wir müssen uns mit Ihnen unterhalten. Wo können wir das ungestört tun?«

»Gehen wir doch auf die Terrasse«, schlug der Lokalbesitzer mit tonloser Stimme vor. »Ihre Kollegen von der Kriminaltechnik sind zwar schon abgezogen, aber ich habe mein Restaurant noch nicht wieder eröffnet.«

Er ging voraus zu dem Außenbereich, von dem aus man einen schönen Blick Richtung Süddünen hatte. Aschendorf und die Ermittler nahmen an einem Tisch Platz.

»Ihre Frau hat gestanden, im Zusammenhang mit dem Toten falsche Angaben gemacht zu haben.«

Mona hatte beschlossen, den Stier bei den Hörnern zu packen. Sie wollte den Restaurantbesitzer mit dieser Information überrumpeln. Die Ermittlerin hoffte, ihn dadurch aus der Reserve locken zu können.

»Aber ... das ist unmöglich«, stammelte Aschendorf. »Marlies hat sich bestimmt nur geirrt, was bei der Aufregung gestern verständlich gewesen sein dürfte.«

Der Oberkommissar schüttelte den Kopf.

»Wir hatten nicht den Eindruck, als ob Ihre Frau besonders überrascht gewirkt hätte, als der Tote in dem Aquarium enthüllt wurde.«

Während Enno sprach, schien Aschendorf auf seinem Stuhl immer mehr in sich zusammenzusinken. Er holte tief Luft und entgegnete mit belegter Stimme: »Ich habe versagt, fürchte ich. Seit Monaten versuche ich, meine Verbindung zu Gröne vor meiner Frau geheim zu halten. Aber sie muss mich durchschaut haben. Wahrscheinlich schwieg sie nur aus Liebe – und aus Scham.«

Mona glaubte, ihren Ohren nicht trauen zu können. Sie hakte nach: »Das müssen Sie uns genauer erklären. Sie haben von Gröne gesprochen ...«

»Ja, weil der Tote so heißt. Jannik Gröne, das ist sein Name.«

»Und in welchem Verhältnis stehen Sie zu ihm, Herr Aschendorf?«
»Wie soll ich das ausdrücken … Gröne ist bei mir als eine Art
Kreditvermittler in Erscheinung getreten.«

»Sie machen ein Gesicht, als ob Sie beim Zahnarzt auf eine Wurzel-
behandlung warten würden«, stellte Mona fest. »Das scheint kein
Geschäft zu sein, das Sie besonders erfreut hat.«

Darauf erwiderte Aschendorf zunächst nichts. Enno ermutigte ihn:
»Betrachten Sie dieses Gespräch als eine Art Beichte. Wir sind die
Polizei, uns geht es um die Aufklärung eines Mordfalls. Wenn Sie in
finanziellen Schwierigkeiten stecken, dann ist uns das egal – außer
natürlich, wenn dies der Grund für Grönes gewaltsamen Tod ist.«

»Ich habe den Mann nicht umgebracht, das schwöre ich Ihnen!
Warum hätte ich das auch tun sollen? Er hat mir einen Kredit
ermöglicht, als meine Hausbank mir den Geldhahn schon zugedreht
hatte. Darum ist es für mich auch so wichtig, dass der *Hummerhafen*
ein Erfolg wird. Ich habe mich mit dem Projekt wahrscheinlich
übernommen. Aber es gibt eben Entscheidungen im Leben, die sich
nicht mehr rückgängig machen lassen.«

»Und Sie sind sicher, dass Ihre Gattin Gröne nicht kennt?«, fragte
Mona so beiläufig, wie es ihr bei dieser brisanten Frage möglich war.

»Das will ich doch hoffen, Frau Sander. Ich habe stets versucht,
meine wirtschaftlichen Probleme von Marlies fernzuhalten. Wenn
Sie so wollen, habe ich ihr eine Komödie vorgespielt. Ich habe so
getan, als ob mein Hotel auf Norderney immer noch einen satten
Gewinn abwerfen würde. Das ist aber leider nicht der Fall.«

Mona musterte Aschendorf. Ob er sie verschaukeln wollte? Spätestens, wenn die Ermittler seine Vermögensverhältnisse checkten,
würden sie auf den Kredit stoßen, den Gröne angeblich vermittelt
hatte. Und außerdem – konnten nicht beide Aussagen zutreffen?
Gröne konnte sowohl bei fragwürdigen Finanzgeschäften als auch
als Liebhaber verheirateter Frauen aktiv gewesen sein. Aber was
sagte dies über mögliche Mordmotive aus? Fest stand, dass der Täter
oder die Täterin Hilfe gebraucht hatte, um das Opfer in das Aquarium
zu schaffen. Ob das Ehepaar gemeinsam gehandelt hatte?

Ennos tiefe Stimme riss sie aus ihren Überlegungen: »Wussten Sie,
dass Gröne sich auf Borkum befand?«

»Nein, und wegen mir ist er gewiss nicht gekommen. Ich habe ihn
zur Eröffnung nicht eingeladen – aus nachvollziehbaren Gründen,

denn ich will meine Finanzprobleme natürlich nicht an die große Glocke hängen.«

»Es spricht gewiss nicht für den Ruf Ihres Edelrestaurants, dass Sie sich Geld bei einem Kredithai leihen müssen«, stellte Mona unverblümt fest.

Aschendorf warf ihr einen gereizten Blick zu.

»Kredithai ist ein hässliches Wort, Frau Sander.«

»Das mag sein. Aber ob Sie Wucherzinsen zahlen müssen oder nicht, werden Sie selbst am besten wissen.«

Darauf erwiderte Aschendorf nichts. Aber sein Gesichtsausdruck bewies der Kommissarin, dass sie den Nagel auf den Kopf getroffen hatte. Nachdem er eine Weile geschwiegen hatte, fragte er schüchtern: »Darf ich meine Frau sehen?«

»Momentan besteht Flucht- und Verdunkelungsgefahr, da Ihre Gattin uns bei einer Mordermittlung nicht die Wahrheit gesagt hat«, erklärte Enno.

»Dann könnten Sie mich ebenso festnehmen, denn ich habe Ihnen meine Geschäfte mit Gröne ja auch verschwiegen!«

Diesen Einwand ließ der Oberkommissar nicht gelten: »Das ist richtig. Allerdings hatten wir bei Ihnen den Eindruck, dass Sie durch den Leichenfund unter Schock standen. – Auf jeden Fall besteht die Gefahr, dass Sie und Ihre Frau Ihre Geschichten aufeinander abstimmen, und das möchten wir verhindern. Ich gehe davon aus, dass sie morgen mit einem Rechtsanwalt sprechen kann. Danach sehen wir weiter.«

Diese Antwort gefiel Aschendorf offensichtlich nicht, aber er musste sich damit zufriedengeben. Bevor die Kriminalisten gingen, hatte Mona noch eine letzte Frage: »Fällt Ihnen eine andere Person ein, die Gröne getötet haben könnte?«

»Wenn ich das wüsste, würde ich es Ihnen ganz gewiss sagen, Frau Sander! Ich weiß nur, dass dieser Mann über einen großen Bekanntenkreis verfügte. Auf Norderney war er dafür bekannt, bei Problemen helfen zu können. Man musste bloß über Geld verfügen und durfte keine dummen Fragen stellen.«

Also hat der Kerl sich auch die Kreditvermittlung ordentlich honorieren lassen, dachte die Kommissarin. Sie war auch nicht davon ausgegangen, dass er es für Gotteslohn getan hätte. So ein Mann wie Gröne machte sich gewiss nicht nur Freunde.

»Borkum war für unser Mordopfer fremdes Terrain«, stellte Enno fest, nachdem sie den *Hummerhafen* wieder verlassen hatten und Richtung Polizeistation gingen. Er fuhr fort: »Wir müssen herausfinden, warum er überhaupt hierher gekommen ist. Wegen Marlies Aschendorf? Ja, vielleicht. Es ist möglich, dass er von dieser Frau besessen war. Aber wir sollten andere Gründe nicht ausschließen. Ich werde gleich mal mit Freddy Lurke telefonieren.«

»Wer ist das?«

»Ein Polizeikollege, der auf Norderney mindestens so lange tätig ist wie ich auf Borkum.«

Sobald sie wieder in ihrem Dienstzimmer waren, rief der Oberkommissar auf der Nachbarinsel an. Da der Lautsprecher eingeschaltet war, konnte Mona das Gespräch mithören.

»Moin, Freddy. Hier spricht der Borkum-Enno.«

»Enno, altes Haus! Wir haben ja schon ewig nichts mehr voneinander gehört.«

»Eigentlich sind es nur zwei Monate, aber es ist schön, dass du mich vermisst hast.«

»Jetzt brauchen wir nur noch den dritten Mann zum Skat«, sagte Lurke lachend.

Monas Kollege erwiderte: »Heute geht es leider nicht um unser Privatvergnügen, sondern um einen aktuellen Fall. Wir müssen einen Mord aufklären. Der Name des Opfers sagt dir wahrscheinlich etwas. Es handelt sich um Jannik Gröne.«

»Diesen Windhund hat es erwischt?«, vergewisserte der Norderneyer Polizist sich. »Ehrlich gesagt wundere ich mich gar nicht darüber. Mit dem musste es ja mal ein schlimmes Ende nehmen.«

»Wie meinst du das?«

»Am Telefon würde das zu weit führen, Enno. Weißt du was? Ich komme einfach morgen mal zu euch rüber. Die *Potsdam* liegt hier gerade im Hafen und wird morgen Richtung Westen Patrouille fahren. Da lass ich mich dann einfach nach Borkum mitnehmen.«

»Gute Idee, dann sehen wir uns morgen.«

Der Oberkommissar legte auf. Mona wusste, dass die *Potsdam* ein Schiff der Küstenwache war, das regelmäßig die deutsche See-Außengrenze kontrollierte. Von Borkum aus war es nicht weit bis in niederländische Gewässer. Sie sagte: »Ich hoffe, dass dein Norderney-Freund uns mehr über Gröne berichten kann.«

»Freddy sperrt stets die Ohren auf, ihm entgeht so schnell nichts«, versicherte Enno.

Der Rest des Arbeitstages verging damit, einige Gäste und Mitglieder des Personals zu befragen. Es war wie verhext. Scheinbar schien keiner von ihnen gegen halb drei am Vortag in der Nähe des Aquariums gewesen zu sein. Natürlich konnte man nicht ausschließen, dass der Mörder und sein Komplize unter ihnen waren. Monas Kopf schwirrte, als sie endlich Feierabend machen konnte. Einen weiteren Verdächtigen hatte sie noch nicht auf ihrer Liste. Außer bei den Eheleuten Aschendorf konnte sie bei niemandem ein überzeugendes Tatmotiv ausmachen.

»Ich verschwinde«, sagte sie zu ihrem Kollegen.

»Wir sehen uns dann morgen, Mona. Ich wünsche dir einen erholsamen Abend.«

»Danke, ebenso.«

Die Kommissarin schnappte sich ihr Fahrrad. Sie war viel zu aufgedreht, um jetzt nach Hause zu fahren. Sie musste unbedingt abschalten, und das konnte sie am besten bei ihrem Freund.

Wenig später radelte sie bereits auf der Reedestraße Richtung Hafen. Jan Lummer besaß die *Nordsee Kajüte*. Dieses urige Seglerlokal befand sich in unmittelbarer Nähe des Yachthafens. Die Dämmerung brach herein, als Mona sich der Wasserlinie näherte. Die untergehende Sonne hüllte die Wolken in goldenes Licht. Sie hingen so tief, dass sie die Masten der im Hafenbecken schwojenden Boote beinahe zu berühren schienen.

Mona lehnte ihr Rad gegen einen Zaun und betrat den Gastraum, der mit allerlei maritimen Gegenständen wie Rettungsringe oder Tampen dekoriert war. Jan Lummer stand hinter der Theke und zapfte Bier. Er lächelte, als er seine Freundin erblickte. Die Kommissarin schwang sich auf einen Barhocker und gab Jan einen Kuss.

»Überraschung gelungen?«

»Das kann man sagen, Mona. Du siehst aus, als ob du ein kühles Helles vertragen könntest.«

»An deinen Komplimenten musst du noch arbeiten, Schatz.«

Er lachte und stellte ein frisches Glas unter den Zapfhahn.

»Hast du gerade einen kniffligen Fall?«

»Ja, und mehr als diese Tatsache darf ich dir nicht verraten. Das Internet ist wahrscheinlich schon wieder voll mit Spekulationen über dieses Verbrechen.«

»Ich habe keine Zeit für diesen Social-Media-Unsinn«, stellte Jan klar. Er ergänzte: »Trotzdem ist schon bis zu mir vorgedrungen, dass im *Hummerhafen* ein Toter gefunden wurde.«

Mona musste sich nicht fragen, woher ihr Freund diese Information hatte. Borkum war eine überschaubare Insel, und schon lange vor dem Beginn der Internet-Ära verbreiteten sich dort Neuigkeiten wie Lauffeuer. Sie warf ihrem Freund eine Kusshand zu.

»Ja, dieser Fall wird Enno und mich in den nächsten Tagen gewiss in Atem halten. Darum wollte ich heute Abend unbedingt hier auf-kreuzen. Wer weiß, wann wir uns das nächste Mal sehen.«

»Dann kommst du also mit zu mir, nachdem ich mein Lokal abge-schlossen habe?«, fragte Jan hoffnungsvoll.

»Das könnte passieren«, gab sie augenzwinkernd zurück. Bevor Mona noch mehr sagen konnte, klingelte ihr Smartphone. Sie hatte sich eigentlich geschworen, nach Feierabend keine dienstlichen Gespräche mehr anzunehmen. Aber der Anruf kam vom kriminal-technischen Labor Oldenburg.

»Sander«, meldete sie sich.

»Moin, hier spricht Herbers. – Es tut mir leid, Sie zu so später Stun-de noch behelligen zu müssen … aber die unbekannte männliche Leiche ist inzwischen von der Gerichtsmedizin an uns überstellt worden.«

Der Kommissarin lag die Bemerkung auf der Zunge, dass die Identität des Mannes mittlerweile bekannt wäre. Aber Herbers ließ sie nicht zu Wort kommen: »Wir haben seine Fingerabdrücke ins System eingegeben und einen eindeutigen Treffer erzielt. – Die Person heißt Torsten Köhner und ist mehrfach vorbestraft.«

Kapitel 9

Diese Neuigkeit musste die Ermittlerin erst einmal sacken lassen. Sie hakte nach: »Und es ist kein Irrtum möglich?«

Noch während sie diese Frage stellte, kam sie sich selbst dumm vor. Es gab nicht den geringsten Grund, an den Fähigkeiten der Oldenburger Kollegen zu zweifeln. Fingerabdrücke waren nun einmal unverwechselbar. Entsprechend kühl fiel die Reaktion des Kriminaltechnikers aus: »Sie können sich gern selbst die Fallakte des Täters anschauen und unsere Analyse noch einmal persönlich nachprüfen.«

»So war das nicht gemeint«, beteuerte Mona. »Ich habe schon Dienstschluss und sitze hier beim Bier, Sie dürfen meine Worte nicht auf die Goldwaage legen.«

»Ich habe schon gehört, dass Sie öfter erst reden und dann nachdenken«, gab Herbers versöhnlich zurück. »Vielleicht ergibt sich ja mal die Gelegenheit, dass wir zusammen etwas trinken gehen. Ich wünsche Ihnen noch einen schönen Abend.«

Mit diesen Worten beendete er das Gespräch.

Die Kommissarin schaute das Smartphone in ihrer Hand an. Sie musste verblüfft ausgesehen haben, jedenfalls fragte Jan: »Was ist denn los?«

»Ich wurde gerade angeflirtet, glaube ich.«

»Wenn es weiter nichts ist …«

»Bist du gar nicht eifersüchtig?«

»Du hast ja kaum Zeit für mich, Mona. Da dürfte für einen Liebhaber erst recht kein Platz mehr sein.«

Das Lächeln auf seinen Lippen bewies, dass er sie nur auf den Arm nehmen wollte. Außerdem wusste Mona, dass ihr Freund ihr vertraute. Und das war ein gutes Gefühl. Momentan war sie gedanklich vor allem mit dem Toten beschäftigt. Warum hatte er sich unter falschem Namen auf Norderney etabliert? Wegen was für Straftaten war er verurteilt worden? Am liebsten wäre sie zurück zur Dienststelle gefahren, um sofort die polizeilichen Datenbanken nach Torsten Köhner zu durchforsten. Doch das war keine gute Idee. Dies tat sie besser am nächsten Morgen mit frischen Kräften. Außerdem hatte sie das Bedürfnis nach männlicher Gesellschaft. Sie prostete ihrem Freund zu und freute sich darauf, den Rest der Nacht mit ihm zu verbringen.

Am nächsten Morgen stand Mona sehr früh auf. Sie musste erst von Jans Wohnung zu ihrer eigenen fahren, sich dort umziehen und sich dann zu Ennos Haus begeben. Die morgendliche Hunderunde am Strand gehörte inzwischen zu ihren liebsten Gewohnheiten. Doch an diesem Tag war sie hektischer als sonst, weil sie mit ihrem Fall unbedingt vorankommen wollte. Rufus spürte ihre Stimmung, der Rüde war sehr empfänglich für die Gefühle seines Frauchens. Er rieb seinen Kopf an ihrer Hüfte, und durch die Berührung fühlte sie sich sofort besser.

»Diese Nuss werde ich auch knacken, mein Hübscher«, versprach sie ihrem Hund.

Rufus blickte sie mit seinen großen dunklen Augen beifällig an. Nachdem Mona die Dogge wieder zu Ennos Frau zurückgebracht hatte, eilte sie zum Dienst. Trotzdem traf sie zehn Minuten zu spät ein.

»Ich habe Oltbeck gegenüber behauptet, dass du schon da bist«, sagte ihr Kollege zur Begrüßung.

»Du bist doch der Beste! Ich komme allerdings nicht nur zu spät, sondern habe auch wichtige Informationen.«

Sie berichtete, was sie von dem Kriminaltechniker erfahren hatte.

Der Oberkommissar wirkte überrascht und meinte: »Dann lass uns doch gleich mal einen Blick auf die Fallakte von diesem Torsten Köhner werfen.«

»Genau das hatte ich vor.«

Die Kommissarin schaltete ihren PC ein und holte sich die Angaben zu dem Verurteilten auf den Bildschirm. Ein wichtiges Detail fiel ihr sofort auf: »Die erkennungsdienstlichen Fotos unterscheiden sich erheblich vom Aussehen des Toten.«

Enno, der ihr über die Schulter schaute, nickte und sagte: »Ja, er wird sich einer Gesichtsoperation unterzogen haben. Es ist ja ziemlich witzlos, wenn man unter falschem Namen lebt, aber aufgrund des Aussehens sofort wiedererkannt werden kann. Übrigens müsste auch im schriftlichen Bericht des Gerichtsmediziners stehen, dass der Ermordete zu Lebzeiten eine kosmetische Operation hatte. Bisher haben wir von den Pathologen ja nur die mündliche Information über das Ketasin bekommen.«

Die Kriminalistin erwiderte: »Ja, das leuchtet mir ein. Köhner war jedenfalls kein kleiner Fisch. Hier sind drei Vorstrafen aufgeführt, wegen gefährlicher Körperverletzung, Veruntreuung und bandenmäßigen Betrugs. Offenbar gehörte der Knabe zur Frankfurter Unterwelt, zumindest wurde er von einem dortigen Gericht verurteilt und hat alle Haftstrafen in Hessen abgesessen.«

»Danach wurde es Zeit für einen kompletten Neuanfang«, vermutete der Ostfriese. Er fuhr fort: »Die letzte Haftentlassung liegt fünf Jahre zurück. Wir müssen herausfinden, seit wann Köhner sich auf Norderney befunden hat. Ich schlage vor, dass wir ihn ab sofort nur noch bei seinem richtigen Namen nennen. Wenn mal von Köhner und bei einer anderen Gelegenheit von Gröne die Rede ist, verwirrt das nur.«

Mona sagte darauf nichts. Sie schwieg so lange, bis ihr Kollege nachhakte: »Was geht dir durch den Kopf?«

»Wenn Köhner sich früher in der Frankfurter Unterwelt getummelt hat, dann können wir auch einen Racheakt im Milieu nicht ausschließen. Immerhin ist es ja vorstellbar, dass ihn jemand wiedergefunden und ausspioniert hat. Das muss natürlich eine Person sein, die ihn bestens kennt und auch von seiner Affäre mit der verheirateten Tierärztin weiß.«

»Um die falsche Fährte mit dem Ketasin legen zu können?«

»Genau das meinte ich, Enno! So eine Vorplanung schüttelt man nicht aus dem Ärmel. Gehen wir mal davon aus, dass Marlies Aschendorf ihren Ex-Liebhaber nicht ins Jenseits befördert hat. Dann muss der wahre Mörder sowohl von der ehemaligen Beziehung als auch vom Erwerb des *Hummerhafens* durch das Ehepaar Aschendorf gewusst haben.«

Der Oberkommissar hob den Zeigefinger und sagte: »Dadurch wird der Kreis an Verdächtigen erheblich eingeschränkt. Der Mörder wollte besonders raffiniert sein und hat sich dadurch selbst ein Bein gestellt. Dies gilt natürlich immer unter der Voraussetzung, dass Marlies Aschendorf nicht die Täterin ist. Denn in dem Fall hätten wir sie ja schon hinter Schloss und Riegel.«

»Wodurch der Chef glücklich und zufrieden wäre«, gab Mona seufzend zurück.

Im nächsten Moment wurde die Bürotür aufgerissen. Grietje platzte herein – wie üblich, ohne anzuklopfen.

»Da ist Besuch für euch!«, verkündete sie. Dann trat sie zur Seite und winkte die Person mit einer knappen Kopfbewegung heran. Ein hagerer grauhaariger Mann mit Knebelbart und Goldrandbrille trat ein. Die Kommissarin schätzte ihn auf mindestens sechzig Jahre. Auf den ersten Blick hätte man ihn für einen normalen Nordseetouristen halten können. Doch Mona bemerkte die Ausbeulung unter seinem Sweatshirt, die zweifellos von einer Dienstwaffe stammte, die er im Clipholster am Gürtel trug. Mit dieser modischen Auffälligkeit hatte die Ermittlerin ja ständig selbst zu kämpfen. Die tiefe Sonnenbräune des Besuchers zeugte außerdem davon, dass er sich länger als zwei oder drei Wochen im Jahr auf den Inseln aufhielt.

Ennos rundes Gesicht strahlte: »Freddy, das ging ja fix. – Grietje, machst du uns bitte einen Tee?«

»Soll ich auch noch eine Fußmassage anbieten?«, gab die junge Kollegin frech zurück.

»Also, meine großen Zehen könnten wirklich mal wieder durchgeknetet werden«, meinte der Besucher.

»Träumen Sie weiter«, erwiderte Grietje und machte auf dem Absatz kehrt. Für Mona stand allerdings fest, dass die junge Polizeimeisterin tatsächlich eine Kanne Tee kochen würde. Mangelnde Kollegialität konnte man ihr nicht vorwerfen. Sie ließ nur keine Gelegenheit aus, um einen mehr oder weniger flotten Spruch anzubringen.

Nachdem Grietje die Tür von außen verschlossen hatte, bot Enno dem Polizisten aus Norderney seinen Besucherstuhl an. Dann sagte er: »Mona, ich möchte dir Oberkommissar Freddy Lurke vorstellen.«

»Moin, ich bin die Mona – Ennos bessere Hälfte, was die Dienststunden angeht.«

Sie gab Lurke die Hand. Er lachte und schlug ein.

»Ich habe schon viel von dir gehört«, sagte der Norderneyer Kollege.

»Davon bin ich überzeugt«, gab die Ermittlerin trocken zurück und blinzelte Enno zu. Dann brachte sie Lurke auf den neuesten Stand ihrer Arbeit. Natürlich erwähnte sie auch Grönes echten Namen. Lurke war erstaunt.

»Dann hieß der Kerl also in Wirklichkeit Köhner? Wir haben einmal seine Personalien überprüft, aber keine Auffälligkeiten feststellen können.«

»Das wundert mich nicht«, meinte Mona. »Ich will euch ja nicht zu nahe treten, aber auch wir hätten seine falsche Identität wahrscheinlich nicht durchschaut. Wenn jemand aus der Frankfurter Unterwelt kommt, dann handelt es sich bei den Dokumenten wahrscheinlich um Profiarbeit. Die Spezialisten vom Landeskriminalamt hätten ihn enttarnen können, aber nicht wir Inselpolizisten.«

»Wie kam es denn überhaupt zu der Identitätsüberprüfung?«, wollte Enno wissen.

Lurke antwortete: »Wir wurden zu einem handgreiflichen Streit gerufen. Ein Tourist hatte Gröne – besser gesagt: Köhner – angegriffen. Dafür gab es Zeugen. Der Urlauber behauptete, in Köhner einen Betrüger wiedererkannt zu haben, der ihm durch eine dubiose Geldanlage 10.000 Euro abgeknöpft hätte. Köhner leugnete standhaft, den Mann überhaupt zu kennen. Er wollte keine Strafanzeige erstatten. Der Tourist hingegen kündigte an, Köhner wegen Betrugs anzuzeigen. Doch das geschah nicht, vielmehr verließ er Norderney am nächsten Tag vorzeitig. Die Staatsanwaltschaft stellte das Körperverletzungsverfahren wegen Geringfügigkeit ein, zumal Köhner auch nicht ernsthaft verletzt wurde.«

Enno sagte: »Ich vermute mal, dass Köhner den Touristen eingeschüchtert hat. So nach dem Motto: ›Wenn dir dein Leben lieb ist, verschwindest du von der Insel.‹ – Was kannst du uns denn noch über Köhner erzählen?«

»Diese Sache mit der Schlägerei liegt fast ein Jahr zurück. Seitdem behielten wir Köhner im Auge. Er bezeichnete sich selbst als Geschäftsmann, aber das kann ja viel bedeuten. Jedenfalls war nicht exakt klar, wovon er eigentlich lebte. Geld hatte er jedenfalls genug, er bewohnte eine Suite in einem der besseren Norderneyer Hotels. Und ich sah ihn gelegentlich mit Urlaubern, die mir halbseiden vorkamen. Es gab Gerüchte unter den Insulanern, dass er ein Lottomillionär oder ein reicher Erbe aus dem Schwarzwald sei. Wenn man nachfragte, dann erwiesen sich diese Behauptungen als frei erfunden. Wir hatten aus polizeilicher Sicht jedenfalls keine Handhabe, um gegen ihn vorzugehen. Niemand kann sich dagegen wehren, wenn über ihn getratscht wird.«

»Das ist zweifellos richtig«, betonte Mona, »aber was sagt dir dein Bauchgefühl?«

Bevor Lurke die Frage beantworten konnte, betrat Grietje wieder den Raum. Diesmal hatte sie ein Tablett dabei, auf dem sich eine

Teekanne, ein Stövchen, Tassen, Kandis und Sahne befanden. Auch an einen Teller mit Mandelkeksen hatte sie gedacht.

»Sehr schön. – Ich muss wohl öfter nach Borkum kommen«, sagte der Norderneyer Kollege.

»Ein weiteres Mitglied in meinem Fanclub«, gab die sommersprossige Polizistin kess zurück und ging wieder hinaus.

Nachdem sich alle an dem Tee selbst bedient hatten, fuhr Lurke fort: »Ehrlich gesagt kam mir Köhner auch nicht ganz astrein vor. Ich sprach mit dem Manager des Hotels, in dem er logierte. Köhner empfing wohl öfter mal Damenbesuch, aber das ist ja nun nicht verboten. Seine Rechnungen beglich er jedenfalls stets pünktlich. Und bei der Schlägerei war er ja das Opfer gewesen. Ich hätte diesem Mann durchaus zugetraut, einen Betrug zu begehen. Aber solange niemand eine Strafanzeige stellte und wir selbst keinen Anfangsverdacht hatten, konnten wir nicht tätig werden. Wir haben auch so genug zu tun.«

»Freddy, wir haben damit begonnen, das Personal und die Gäste der *Hummerhafen*-Eröffnungsfeier zu befragen«, erklärte der Ostfriese. Er sagte außerdem: »Einige, mit denen wir schon gesprochen haben, wurden von uns fotografiert. Ich möchte dich bitten, dir die Bilder anzuschauen. Wir suchen nach Verbindungen Richtung Norderney. Vielleicht hast du die eine oder andere Person auf eurer Insel gesehen.«

»Wir auf Norderney haben jedes Jahr mehr touristische Übernachtungen als ihr auf Borkum, aber ich kann es gern versuchen«, erwiderte Lurke. Er betrachtete die Aufnahmen, bis er plötzlich stutzig wurde.

»Ich bin ziemlich sicher, dass ich diesen Mann schon einmal zusammen mit Köhner auf Norderney gesehen habe«, sagte er. »Das muss vor ungefähr einer Woche gewesen sein. Sie verhielten sich allerdings nicht verdächtig, sondern saßen in der *Marienhöhe* bei einem Getränk zusammen.«

»Bei der Person handelt es sich um Horst Prigge, den Chefkoch vom *Hummerhafen*«, erklärte Enno. »Als Mona und ich ihn am Nachmittag kurz befragt haben, behauptete er noch steif und fest, den Toten nicht zu kennen und noch niemals zuvor gesehen zu haben.«

Lurke lächelte und sagte: »Dann wird der Küchenhengst euch wohl einiges zu erklären haben. Auf mein Gedächtnis kann ich mich jedenfalls verlassen. Ich war privat in der *Marienhöhe*, genehmige mir dort ganz gern mal ein Gläschen. Aber wenn ich Köhner sehe, schaue ich immer genau hin.«

»Wenn die beiden Herren einander erst vor Kurzem getroffen haben, kann es Prigge unmöglich entfallen sein«, stellte Mona fest. »Auf seine Erklärung bin ich gespannt.«

Kapitel 10

Die Ermittler tranken noch mit ihrem Besucher den Tee aus, und Lurke gab ein paar gemeinsame Erlebnisse mit Enno aus ihren frühen Jahren bei der Polizei zum Besten. Dann stand er auf.

»Ich will euch nicht von der Arbeit abhalten. Wahrscheinlich habt ihr jetzt einiges zu erledigen«, meinte er.

»Davon kannst du ausgehen«, erwiderte Mona. »Es war schön, dich kennengelernt zu haben.«

Der Norderneyer Kollege nickte ihnen lächelnd zu und verließ den Raum.

»Rufst du bitte Prigge an, Enno? Ich bin jetzt so sauer, dass er bestimmt sofort Lunte riecht, wenn er meine Stimme hört«, bat die Kommissarin.

»Für dich tue ich doch alles«, gab er augenzwinkernd zurück. Er tippte die Mobilnummer des Chefkochs in sein Smartphone.

»Moin, hier spricht Oberkommissar Moll von der Polizei Borkum. Wir haben neue Informationen über den Toten. Dazu müssten wir Sie noch einmal befragen. – Ja, ich verstehe. Wir können gern dorthin kommen. Bis gleich.«

Er beendete das Telefonat. Mona warf ihm einen fragenden Blick zu.

»Prigge sagt, dass er sich zu einem frühen Mittagsmahl ins *Strand 5* begeben hat. Das Essen hat er schon bestellt. Also sagte ich, dass wir zu ihm kämen.«

»Hoffentlich bleibt es ihm im Hals stecken«, fauchte Mona. »Also los, keine Müdigkeit vorschützen!«

»Versprich mir, dass du dich zurückhältst.«

»Keine Sorge, ich riskiere wegen diesem Lügenbold keine Dienstaufsichtsbeschwerde«, versicherte die Kriminalistin. Aber insgeheim war sie dem Oberkommissar doch dankbar dafür, dass er sie vorsorglich bremste. Leider neigte sie dazu, erst zu reden und dann nachzudenken. Immerhin waren die Kommissare dem Chefkoch gegenüber nun im Vorteil. Er konnte ja nicht wissen, dass sie seine Lüge durchschaut hatten.

Das *Strand 5* war ein modernes Lokal direkt an der Promenade. Als die Ermittler einige Zeit später den Gastraum betraten, erblickten sie Prigge sofort. Der Chefkoch saß an einem Tisch mit Blick auf die Nordsee und ließ sich mit sichtlichem Genuss sein Essen schmecken.

»Moin, Herr Prigge«, sagte Mona mit honigsüßer Stimme. Sie und Enno traten an seinen Tisch heran. Sie fragte: »Was gibt es denn bei Ihnen Schönes?«

Prigge war ein untersetzter Mann mit Schweinsäuglein und einem Schnurrbart, der wie eine alte Drahtbürste aussah. In seinem weißen Freizeithemd mit kurzen Ärmeln wirkte er wie ein normaler Urlauber. Er blickte auf und antwortete: »Ich habe mich für die Scholle Büsumer Art mit Nordseekrabben entschieden.«

Mona und Enno nahmen ihm gegenüber Platz, ohne dazu aufgefordert worden zu sein. Er hob die Augenbrauen, ließ aber keinen Kommentar ab. Die Kellnerin kam, und die beiden bestellten Mineralwasser. Als die Bedienung wieder gegangen war, fragte Enno: »Warum haben Sie uns gestern Ihre Bekanntschaft mit dem Mordopfer verschwiegen?«

Prigge kaute. Er tupfte sich nun die Lippen mit der Serviette ab und öffnete den Mund.

»Ich weiß nicht, wovon Sie sprechen«, behauptete er.

»Wir sollten uns das Katz-und-Maus-Spiel schenken«, schlug der Oberkommissar vor. »Es gibt einen glaubwürdigen Zeugen, der Sie zusammen mit dem Mann, der im Aquarium gefunden wurde, auf Norderney gesehen hat. Und das ist gerade mal eine Woche her.«

Enno sprach ruhig, aber mit Nachdruck. Und seine Kollegin konnte an der Miene des Chefkochs ablesen, dass Prigge mit dieser Ansage nicht gerechnet hatte. Er war offenbar davon ausgegangen, mit seiner Lüge durchzukommen. Mona setzte noch eins drauf: »Wir haben schon gerätselt, ob Sie diesen Mann unter seinem falschen Namen Jannik Gröne kannten oder ob er Ihnen als Torsten Köhner bekannt war.«

Prigge starrte sie an, als ob er einen Geist sehen würde. Sie fuhr fort: »Auf dem Weg hierher habe ich mit meinem Smartphone gespielt, wie junge Leute es gern mal tun. Ich tippte Ihren Namen in eine Suchmaschine. Ihr beruflicher Werdegang ist wirklich beeindruckend. Sie waren vor Jahren Beikoch in einem sehr renommierten Frankfurter Nobelhotel, ich gratuliere. Stammt Ihre Bekanntschaft mit Köhner noch aus dieser Zeit?«

Der Verdächtige fand endlich die Sprache wieder: »I-ich habe mit Köhners Tod nichts zu tun!«

Er sagte zunächst nicht mehr, weil die Kellnerin nun die Getränke brachte. Nachdem sie wieder gegangen war, schob er seinen Teller zur Seite. Der Appetit war ihm offenbar vergangen. Prigge sagte: »Es ist nicht so, wie Sie es sich vorstellen.«

»Können Sie Gedanken lesen?«, spottete Mona. Sie forderte: »Dann erzählen Sie uns mal Ihre Version!«

»Es ist wahr – Köhner und ich kannten uns schon aus Frankfurter Zeiten.«

»Und was hatten Sie miteinander zu schaffen?«, bohrte die Kommissarin nach.

»Koch ist ein sehr anstrengender Beruf, Frau Sander. Nach einer langen Schicht ist man noch zu aufgekratzt, um gleich nach Hause zu gehen. Ich trieb mich zu der Zeit gern im Nachtleben herum, und dort lief ich Köhner mehrmals über den Weg.«

Die Ermittlerin bezweifelte, dass dies die ganze Wahrheit war. Aber Details ließen sich später immer noch klären. Momentan kam es ihr darauf an, dass Prigge weiterredete. Enno schien die Dinge ähnlich zu sehen. Er fragte: »Blieben Sie mit Köhner später in Kontakt?«

»Nein, wir verloren uns aus den Augen. Ich hatte ja noch zwei andere Arbeitsstellen, bevor ich den Job im *Hummerhafen* angeboten bekam. Ich wollte schon seit längerer Zeit auf einer Nordseeinsel arbeiten.«

»Sie waren doch zuvor ebenfalls Chefkoch, oder?«, vergewisserte Mona sich.

»Das stimmt«, antwortete Prigge stolz.

»Ist es nicht ein Risiko, bei einer Neueröffnung direkt einzusteigen? Wenn Aschendorfs Lokal pleitegeht, können Sie gewiss nicht direkt wieder bei Ihrem vorherigen Arbeitgeber anfangen«, gab die Kriminalistin zu bedenken.

»Mein früherer Chef weiß, was er an mir hatte.«

»Wirklich, Herr Prigge? Wenn ich ihn also anrufe und frage, was er von Ihnen hält – was wird er mir wohl antworten?«

Der Chefkoch kniff die Augen zusammen und polterte: »Dazu haben Sie kein Recht!«

»So etwas nennt man ein Leumundszeugnis«, stellte Enno klar. »Sie werden verstehen, dass wir Ihnen nicht mehr vertrauen können, nachdem Sie bereits einmal die Unwahrheit gesagt haben.«

Prigge wischte sich mit der Serviette den Schweiß von der Stirn. Er schaute sich verstohlen um – so, als ob er befürchtete, dass die Blicke aller Anwesenden auf ihn gerichtet wären. Doch das traf nicht zu.

Keiner der anderen Gäste schien mitbekommen zu haben, dass Mona und Enno Polizeibeamte waren. Die übrigen Besucher des Lokals konzentrierten sich auf ihr Essen, plauderten miteinander oder genossen einfach nur den Blick auf den Strandabschnitt und die Brandung. Er begann mit gesenkter Stimme zu sprechen: »Ich habe einen sehr fordernden Beruf, das habe ich Ihnen ja schon gesagt. Und an manchen Tagen habe ich mir eine kleine Aufmunterung gegönnt, um den Stress durchhalten zu können.«

»Sie sprechen von Drogen?«, vergewisserte Mona sich.

Prigge war sichtlich nicht angetan davon, dass sie diesen Begriff benutzte. Trotzdem nickte er widerwillig.

»Ja, ich gebe es zu. Mein früherer Arbeitgeber erwischte mich mit Kokain. Er wollte einen Skandal vermeiden, der dem Ruf seines Restaurants geschadet hätte. Darum trennten wir uns im gegenseitigen Einvernehmen, wie es so schön heißt.«

»Und Sie hatten keine Bedenken, dass sich Ihr Rauschgiftkonsum auf Ihr Berufsleben negativ auswirken könnte?«, fragte Enno.

»Ich habe doch sofort wieder einen Job als Chefkoch bekommen – oder etwa nicht? Herr Aschendorf weiß nichts von den Problemen, die ich in der Vergangenheit hatte. Und ich wäre Ihnen sehr dankbar dafür, wenn Sie es nicht an die große Glocke hängen würden. – Außerdem bin ich nicht süchtig, ich habe die Sache im Griff.«

Die große Illusion aller Drogenkonsumenten, dachte Mona. Sie wollte wissen: »Hielten Sie seit Ihrer Frankfurter Zeit Kontakt mit Köhner?«

Prigge antwortete: »Nein, überhaupt nicht. Wir hatten uns völlig aus den Augen verloren. Umso erstaunter war ich, als er mich vor zehn Tagen anrief. Ich erkannte seine Stimme sofort wieder. Köhner gratulierte mir zu meiner neuen Position im *Hummerhafen*.«

»Woher wusste er davon?«

»Das ist ja kein Geheimnis, Frau Sander. Herr Aschendorf hatte ja die Neueröffnung des *Hummerhafens* in den Fachblättern und auf den einschlägigen Internetportalen groß angekündigt. Und dabei wurde natürlich auch mein Name erwähnt, denn ich habe in der Branche einen guten Ruf.«

Der Chefkoch sprach genüsslich über seine wichtige Rolle bei Aschendorfs Projekt. Doch Mona nahm ihm sofort wieder den Wind aus den Segeln: »Ich kann mir nicht vorstellen, dass Köhner nur deshalb Kontakt mit Ihnen aufgenommen hat, weil er mal gut essen wollte.«

»Das stimmt, Frau Sander. Er behauptete, einen interessanten Vorschlag für mich zu haben. Ich sollte zu ihm nach Norderney kommen, weil er nicht am Telefon darüber reden wollte. Da ich vor meinem Arbeitsantritt auf Borkum noch ein paar freie Tage hatte, fuhr ich hin. Außerdem war ich neugierig. Wir hatten uns in der *Marienhöhe* verabredet. Zuerst habe ich Köhner gar nicht wiedererkannt. Er hatte offenbar etwas mit seinem Gesicht machen lassen. Als er mich ansprach, wunderte ich mich zunächst. Doch nach ein paar Sätzen wurde mir klar, dass ich wirklich meinen alten Kumpel vor mir hatte – auch wenn er jetzt unter falschem Namen unterwegs war.«

»Das hat er also Ihnen gegenüber zugegeben?«

»Ja, Herr Moll. Wörtlich sagte er: ›Falls mich jemand mit Jannik Gröne anspricht, denk dir nichts dabei. Namen sind doch Schall und Rauch.‹ Darüber wunderte ich mich nicht. Ich wusste ja, dass er schon zu Frankfurter Zeiten Dreck am Stecken hatte.«

»Sie pflegen wirklich bemerkenswerte Freundschaften«, spottete die Kommissarin. Prigge runzelte die Stirn und erwiderte: »Wir waren nur Bekannte, als Freund hätte ich Köhner niemals bezeichnet. Wissen Sie, was er von mir wollte?«

»Sie werden es uns hoffentlich gleich verraten«, sagte Mona.

Prigge beugte sich vor und sprach noch leiser: »Ich sollte ihm einen Nachschlüssel für das Lokal fertigen lassen, damit er nachts unbemerkt in den *Hummerhafen* gelangen konnte!«

»Und als Chefkoch verfügen Sie natürlich über einen Schlüssel.«

»Selbstverständlich, Frau Sander.«

»Wollten Sie nicht wissen, was Ihr Kumpel damit anfangen wollte?«

»Er behauptete, den *Hummerhafen* zur Geldwaschanlage umfunktionieren zu wollen. Angeblich hatte er vor, die legal eingenommenen Euros aus der Kasse nehmen und durch Schwarzgeld in gleicher Höhe ersetzen zu wollen – und zwar jede Nacht.«

»Ich verstehe. Und welches Druckmittel hatte er gegen Sie in der Hand?«, fragte die Kommissarin.

»Ich hatte schon im Frankfurter Nachtleben gelegentlich ein paar Pillen eingeworfen, und davon wusste Köhner natürlich. Wenn er den Schlüssel nicht von mir bekäme, wollte er Herrn Aschendorf mit einem anonymen Anruf über meine Drogenerfahrungen informieren.«

»Ja, das klingt wirklich nicht nach einem wahren Freund«, stellte Mona fest. »Wie reagierten Sie?«

»Zunächst versuchte ich, ihm sein Vorhaben auszureden. Doch er blieb hart. Also ließ ich meinen Schlüssel nachmachen, es blieb mir ja nichts anderes übrig. Vor drei Tagen fuhr ich noch einmal nach Norderney, um ihm das Duplikat zu geben.«

Bei dem Toten hatten die Polizeikollegen keine Gegenstände gefunden, auch keinen Schlüssel. Doch diese Tatsache musste nichts zu bedeuten haben. Der Mörder hatte die Taschen des Opfers ausleeren können, bevor Köhner ins Aquarium geworfen wurde.

Mona hakte nach: »Haben Sie Köhner nach diesem Termin vor drei Tagen noch einmal gesehen?«

»Nein. Außer natürlich am vorgestrigen Abend, als ich ihn in dem Aquarium erblickte.«

»Haben Sie eine Erklärung für die Tat?«, fragte Enno direkt.

Der Chefkoch antwortete: »Ein Mann wie Köhner hatte viele Feinde. Er wird sich nicht ohne Grund einer Schönheitsoperation unterzogen und einen falschen Namen angenommen haben. Bei der Eröffnungsfeier befand sich noch kein Geld in der Restaurantkasse, also kann er aus diesem Grund schon mal nicht nach Borkum gekommen sein.«

»War Köhner eigentlich auch mit Reinhold und Marlies Aschendorf bekannt?«, wollte Mona wissen.

Prigge hob die Schultern und erwiderte: »Nicht, dass ich wüsste. Allerdings habe ich ihn auch nicht danach gefragt. Ehrlich gesagt bin ich froh, dass er nicht mehr lebt.«

»Und Sie haben keine Sorge, dass wir Sie des Mordes verdächtigen könnten? Immerhin wurden Sie von Köhner erpresst, das ist ein überzeugendes Motiv«, stellte der Ostfriese klar.

»Ja, aber ich habe es nicht getan. Am Eröffnungstag hatte ich in der Küche alle Hände voll zu tun, ich wäre gar nicht dazu gekommen, diesen Kerl um die Ecke zu bringen.«

Darauf erwiderten die Kommissare nichts. Sie verständigten sich mit einem Blick und standen dann beide gleichzeitig auf. Enno sagte: »Kommen Sie bitte im Lauf des Tages zur Polizeiwache, um Ihre Aussage schriftlich niederlegen zu lassen. Ansonsten halten Sie sich bitte zu unserer Verfügung.«

Die beiden traten auf die windige Promenade hinaus.

»Jetzt habe ich auch Hunger, kann mich kaum noch konzentrieren«, klagte der Oberkommissar.

»Du Ärmster!«, gab Mona lachend zurück. Sie fügte hinzu: »Ich könnte aber auch eine Kleinigkeit vertragen.«

Sie gingen Richtung Hauptstrand, wo es in der Nähe der Musikkuppel einige Bars und Restaurants gab. An diesem Tag gingen sie zu *Geeske & der swarte Roelf.* In dem originellen Lokal holten sie sich Backfisch mit Fritten für Enno und eine große Waffel mit Puderzucker für Mona. Dazu tranken sie alkoholfreies Bier. Nachdem sie es sich an einem Hochtisch im Außenbereich gemütlich gemacht hatten, fragte die Kommissarin: »Hast du Prigge seine Geschichte abgekauft?«

»Ich denke, dass wir es mit einer mehr oder weniger gelungenen Mischung aus Dichtung und Wahrheit zu tun haben«, antwortete der Ostfriese. Er fuhr fort: »Die beiden Herzchen könnten einander wirklich aus dem Frankfurter Nachtleben kennen. Das erscheint mir plausibel. Aber dieses angebliche Vorhaben zur Geldwäsche kann doch gar nicht funktionieren. Allein schon, weil kein Gastwirt seine Tageseinnahmen über Nacht in der Kasse lässt und dann nach Hause geht.«

»Und was ist mit dem Schlüssel?«, dachte Mona laut nach.

Ihr Kollege erwiderte: »Am Abend der Eröffnung hätte Köhner jedenfalls einfach so in den *Hummerhafen* eindringen können. Tatsache ist: Er war dort, und jemand muss ihn ins Jenseits befördert haben.«

»Hältst du Prigge für den Täter, Enno?«

»Das ist schwer zu sagen. Auf jeden Fall war er vor Ort, so viel steht fest. Und ein Motiv hätte er auch gehabt, falls er wirklich von seinem alten Kumpel erpresst wurde. Allerdings benötigte er einen Komplizen, um die Leiche in das Aquarium heben zu können.«

»Und woher hätte Prigge von dem Tiermedizin-Betäubungsmittel wissen sollen?«, fragte die Kommissarin. »Ich halte diesen Chefkoch nicht für so raffiniert, dass er Köhners Affäre mit Marlies Aschendorf in Erfahrung gebracht und aufgrund dessen eine falsche Spur gelegt hat. Außerdem hätte das Opfer sich von ihm wohl kaum eine Spritze verpassen lassen.«

»Du hast recht. Und woher hätte Prigge wissen sollen, dass seine Chefin eine studierte Tierärztin ist? Das wird sie ihm wohl kaum auf die Nase gebunden haben«, meinte der Oberkommissar.

»Uns ist bekannt, dass Köhner sich einen Tag zuvor noch auf Norderney befunden hat«, sagte seine Kollegin, »er muss auf jeden Fall eine Übernachtungsmöglichkeit auf Borkum gehabt haben, denn spät am Abend wäre er nicht mehr von der Insel heruntergekommen.«

»Und dann stehen auch noch ein paar weitere Befragungen von möglichen Zeugen an«, erinnerte Enno kauend.

Kapitel 11

Nachdem die beiden ihre Mittagspause beendet hatten, gingen sie zur Touristinformation. Jeder Urlauber, der nach Borkum kam, musste einen Gästebeitrag entrichten. Daher konnten die Ermittler die Namen, die Ferienadressen und die Aufenthaltsdauer erfahren. Es stellte sich heraus, dass Köhner unter seinem falschen Namen Jannik Gröne eine Suite im Hotel *Zu den Gezeiten* gebucht hatte, und zwar für den Zeitraum von zehn Tagen. Dies musste geschehen sein, nachdem Prigge ihm auf Norderney das Schlüssel-Duplikat übergeben hatte.

»Also hatte Köhner auf der Insel noch Weiteres vor«, vermutete Mona, nachdem die Kommissare sich für die Auskünfte bedankt und das kleine Gebäude am Georg-Schütte-Platz wieder verlassen hatten.

»Das ist sehr wahrscheinlich«, erwiderte Enno.

Momentan stand ein Zug der Kleinbahn im Inselbahnhof, der sich direkt gegenüber der Touristinformation befand. Um das Hotel *Zu den Gezeiten* zu erreichen, überquerten die Ermittler die Schienen am Bahnübergang bei der Kultkneipe *Seekiste*. Sie bahnten sich ihren Weg zwischen den zahlreichen an- und abfahrenden Urlaubern und Kurgästen. Wer von seiner Krankenkasse für einen mehrwöchigen Heilaufenthalt auf die Insel geschickt wurde, reiste meist mit einem riesigen Rollkoffer an. Auf dem Bahnsteig ging es turbulent zu. Das Hotel befand sich ein Stück weit neben dem Stationsgebäude. Der Beherbergungsbetrieb existierte seit der Kaiserzeit und war immer wieder liebevoll restauriert worden. Das große weiße Jugendstilhaus gehörte zu den teuersten Hotels auf Borkum. Köhner hatte offensichtlich nicht aufs Geld schauen müssen, als er auf die Insel gereist war.

Die Kommissare betraten die weitläufige Hotelhalle. Sie zeigten an der Rezeption ihre Dienstausweise.

»Moin, wir müssten mit der Managerin sprechen«, bat Enno freundlich.

Die Rezeptionistin nickte und griff zum Telefon. Es dauerte nicht lange, bis eine Dame mit strenger Dauerwellenfrisur auf die Ermittler zueilte. Sie trug einen marineblauen Blazer und einen grauen Rock. Laut ihrem Namensschild hieß sie Katja Schiller. Die Kommissare hatten ihren Vorgänger kennengelernt, diese Dame allerdings noch nicht.

»Moin, was kann ich für Sie tun?«, fragte sie. Ihrer Stimme war die Nervosität deutlich anzuhören.

»Leider müssen wir Ihnen mitteilen, dass einer Ihrer Gäste ermordet wurde«, erklärte die Kommissarin, nachdem sie Enno und sich vorgestellt hatte. »Wir möchten uns seine Suite anschauen.«

Katja Schiller nahm die Neuigkeit gefasst auf. Nach Monas Erfahrung konnten sich die Beschäftigten in der Borkumer Hotellerie sehr flexibel auf die unmöglichsten Situationen einstellen. Jedenfalls holte die Managerin ihren Generalschlüssel hervor und bat die Kriminalisten, ihr zu folgen.

»Bekam der Gast Besuch?«, fragte Enno, während sie die Treppe zum ersten Stockwerk hochstiegen.

»Diese Frage kann wahrscheinlich besser vom Zimmerservice beantwortet werden«, sagte die Managerin. »Ich werde meine Mitarbeiterin gleich zu Ihnen schicken.«

»Ja, das wäre gut«, erwiderte der Oberkommissar.

Gleich darauf wurde die Tür aufgeschlossen. Die Suite bestand aus einem Wohnsalon und einem Schlafgemach sowie einem Tageslichtbad.

»Die Dame vom Zimmerservice kommt gleich zu Ihnen.«

Mit diesen Worten ließ die Managerin die beiden allein. Die Räume waren sauber und aufgeräumt, worüber Mona sich nicht wunderte. Natürlich hatte man geputzt, auch wenn der Gast zwischenzeitlich nicht zurückgekehrt war. Mona und Enno zogen sich Latexhandschuhe über und begannen mit einer flüchtigen Durchsuchung der Suite. Auf dem Nachttisch neben dem breiten französischen Bett entdeckte die Kommissarin ein Smartphone an einem Ladekabel. Sie hatte schon befürchtet, dass der Mörder das Gerät vernichtet haben könnte. Sie stöpselte das Kabel aus und tat das Telefon in einen Beutel für Beweisstücke. Ihr Kollege öffnete inzwischen den Kleiderschrank. Köhner hatte nur wenig Garderobe mitgenommen. Einige Textilien hingen ordentlich auf Bügeln oder befanden sich zusammengefaltet in den Schubladen. Der Oberkommissar tastete zwischen der Wäsche und den Socken, konnte aber keine versteckten Gegenstände finden. Dafür wurde Mona fündig, als sie den Nachtschrank öffnete.

»Schau mal, Enno!«

Er drehte sich zu ihr um, und sie zeigte ihm ein Lederetui, das sie soeben entdeckt hatte. Es enthielt Spritzen sowie mehrere kleine Ampullen, die mit dem Wort Insulin beschriftet waren.

»Köhner war Diabetiker!«, stellte sie fest. »Dadurch bekommt der Fall natürlich eine ganz andere Wendung. Angenommen, die Mörderin oder der Mörder hat eine oder mehrere der Behälter präpariert und das Insulin gegen Ketasin getauscht … falls das so gewesen ist, dann hat Köhner sich das Betäubungsmittel vielleicht nichtsahnend selbst gespritzt.«

Der Ostfriese warf seiner jungen Kollegin einen anerkennenden Blick zu und erwiderte: »Ja, so könnte es sich abgespielt haben. Falls du richtigliegst, dann ist die Person wahrscheinlich hier gewesen. Ich würde auf eine Frau tippen. Es sei denn, dass Köhner sich auch für Männer begeistert. Darauf haben wir aber noch keinen Hinweis gefunden.«

Während sie miteinander sprachen, schauten sie sich weiter um. Unter einem der Panoramafenster im Wohnsalon stand ein Schreibtisch, auf dem sich eine vorgedruckte Liste befand. Mona schaute sie sich genauer an und sagte: »Bevor Köhner am 10. September zur Eröffnung gegangen ist, hat er beim Zimmerservice eine Flasche Champagner sowie Häppchen bestellt. Wenn wir davon ausgehen, dass er nicht allein die Korken knallen ließ, dürfte er weiblichen Besuch gehabt haben. Und diese Dame könnte ihm das Ketasin untergejubelt haben, während er mit der Champagnerflasche oder mit anderen Dingen beschäftigt war.«

Bevor Enno etwas erwidern konnte, ertönte ein schüchternes Klopfen an der Tür. Der Oberkommissar öffnete. Eine junge Frau in der Hoteluniform stand vor ihm. Sie hielt ihren Blick gesenkt und spielte unruhig mit ihrem Armreif. Enno stellte sich und Mona vor, während er die Tür freigab.

»Moin! Schön, dass Sie so schnell kommen konnten. Sie sind …?«

»Mein Name ist Lisa Mehlmann. Ich bin hier im ersten Stockwerk für den Zimmerservice zuständig.«

Mona hatte die vorgedruckte Liste bereits in einen Beweisstückbeutel gesteckt. Diesen schwenkte sie nun hin und her.

»Sehr gut! Hatten Sie auch am 10. September Dienst?«

Die Hotelangestellte wirkte verstört. Ob ihre Chefin ihr bereits erzählt hatte, dass die Polizisten wegen einer Mordermittlung erschienen waren? Das Gerücht über den bizarren Fund bei der

Eröffnungsfeier hatte auf der Insel ansonsten garantiert schon die Runde gemacht. Da nutzte es auch nichts, wenn Oltbeck lediglich eine karge dreizeilige Pressemitteilung verfasste.

Für Monas Geschmack ließ sich Lisa Mehlmann mit der Antwort zu viel Zeit. Die Kommissarin wollte schon nachhaken, als die junge Frau doch den Mund öffnete: »Ja, ich habe an dem Tag gearbeitet.«

»Das ist ja noch nicht allzu lange her. Was war mit dieser Bestellung hier?«

Mit diesen Worten hielt Mona der Zeugin den Beutel mit der vorgedruckten Liste unter die Nase.

»Ich weiß nicht …«, murmelte die junge Frau.

Nach Meinung der Kriminalistin war dies eine offensichtliche Lüge. Sie hatte keine Lust, sich für dumm verkaufen zu lassen.

»Der Gast dieser Suite ist getötet worden, falls Sie das noch nicht mitbekommen haben«, fauchte sie. »Ich rate Ihnen also, Ihr Gedächtnis auf Vordermann zu bringen. Ansonsten müssen wir unsere Unterhaltung auf der Polizeistation fortsetzen!«

Und Enno fügte hinzu: »Wenn Sie uns alles sagen, was Sie wissen, sind Sie uns ganz schnell wieder los.«

Besonders die letzte Ankündigung schien Lisa Mehlmann zu motivieren. Vielleicht lag es ja auch an der väterlichen Art des Oberkommissars, der gewiss weit weniger einschüchternd wirkte als seine aufbrausende junge Kollegin. Die Angestellte holte tief Luft und sagte: »Der Gast hat gegen 16 Uhr telefonisch eine Flasche Champagner und Häppchen für zwei Personen bestellt. Als ich das Gewünschte brachte, war er nicht allein. Eine Frau war bei ihm.«

Na also, geht doch!, dachte Mona. Sie hakte nach: »Kannten Sie die Dame?«

»Nein.«

Die Antwort kam wie aus der Pistole geschossen, wodurch das Misstrauen der Ermittlerin schon wieder befeuert wurde.

»Sind Sie sicher? Könnte es sich nicht um einen anderen Hotelgast gehandelt haben?«

»Das glaube ich nicht. Bei uns haben momentan hauptsächlich ältere Herrschaften eingecheckt, und die Dame war höchstens dreißig.«

»Können Sie die Person genauer beschreiben?«, wollte Enno wissen.

»Sie hatte dunkle Haare, die bis zum Kinn reichten. Und sie war schlank.«

»Und wie war die Frau bekleidet?«

Monas Frage ließ Lisa Mehlmann erröten.

»Mit einem schwarzen Unterrock.«

Diese Aussage kam der Kommissarin glaubhaft vor – nicht zuletzt deshalb, weil die Angestellte nun sichtlich verlegen war. Mona glaubte nicht, dass man ein solches Gefühl überzeugend schauspielern konnte. Als Kriminalbeamtin verfügte sie über eine gute Menschenkenntnis. Für sie stand fest, was sich hier während der Stunden vor der Eröffnungsfeier abgespielt haben musste. Köhner und sein unbekannter weiblicher Gast hatten sich miteinander vergnügt. Vor dem Besuch des *Hummerhafens* spritzte Köhner sich noch eine Substanz, die er fälschlicherweise für Insulin hielt. Aber wo war die Frau abgeblieben? Hatte er sie zu der Eröffnungsfeier mitgenommen?

Ennos Stimme riss Mona aus ihren Überlegungen. Der Oberkommissar wandte sich noch einmal an die Zeugin: »Haben Sie diese Frau seit dem 10. September noch einmal gesehen?«

»Nein.«

Wieder antwortete Lisa Mehlmann sehr schnell. Aber diesmal grätschte die Kommissarin dazwischen: »Sind Sie sich hundertprozentig sicher? Sie sollten sich gut überlegen, ob Sie bei einer Mordermittlung wirklich die Unwahrheit sagen wollen. Sie können den Ärger des Jahrhunderts bekommen, wenn wir das herausfinden!«

Daraufhin sagte die junge Frau nichts mehr, sondern brach sofort in Tränen aus. Mit einer solch heftigen Reaktion hatte Mona nicht gerechnet. Ihr war selbst klar, dass sie Lisa Mehlmann nicht gerade mit Samthandschuhen angefasst hatte. Doch bevor sie oder Enno die Angestellte beruhigen konnten, wurde die Tür der Suite erneut geöffnet. Die Managerin hatte sich wieder mit ihrem Generalschlüssel Zutritt verschafft.

»Was ist hier los?«, rief sie und eilte auf ihre Mitarbeiterin zu. Sie legte einen Arm um Lisa Mehlmanns Schultern.

»Ich werde mich über Sie beide beschweren!«, drohte sie den Kommissaren. »Ich war kooperativ, habe Ihnen Zugang zu diesen Räumlichkeiten verschafft und Lisa zu Ihnen geschickt. Und Sie …«

»Ich werde hier wie eine Kriminelle behandelt!«, brachte die junge Frau heulend hervor.

»Es ist besser, wenn Sie jetzt gehen«, schnarrte die Geschäfts-führerin mit kalt klingender Stimme. »Wenn Sie noch einmal mit Lisa, mir oder einem anderen Mitarbeiter sprechen wollen, werde ich einen Rechtsanwalt hinzuziehen.«

Mona hätte einiges erwidern können, aber diesmal schaffte sie es, ihren Schnabel zu halten. Es wäre sinnlos gewesen, nun mit der Brechstange eine weitere Aussage erzwingen zu wollen. Die Kommissarin hatte für den Moment schon genug Porzellan zerschlagen.

Enno entschärfte die Situation ein wenig, indem er sagte: »Es ist immer belastend, sich mit einem Mord beschäftigen zu müssen. Sie konnten uns auf jeden Fall ein großes Stück weiterhelfen, wofür ich mich herzlich bedanke. Falls Ihnen noch etwas einfällt, können Sie uns jederzeit anrufen.«

Mit diesen Worten drückte er Lisa Mehlmann eine seiner Visiten-karten in die Hand, nickte der Hotelmanagerin zu und verließ den Raum. Seine Kollegin folgte ihm schweigend, was ihr nicht gerade leichtfiel. Doch als die beiden wieder draußen vor dem imposanten Gebäude standen, brach es aus ihr heraus: »Bin ich wirklich so eine Furie?«

»Wer deine Art nicht kennt, kann sich schon mal erschrecken«, gab der erfahrene Ermittler zu bedenken, »vor allem, wenn es sich bei der Zeugin um so eine schüchterne junge Person wie Lisa Mehlmann handelt.«

»Ach, komm schon, Enno! Du hast doch auch bemerkt, dass sie etwas vor uns verheimlicht!«

»Ja, selbstverständlich ist mir das ebenfalls aufgefallen«, sagte der Ostfriese. »Aber ihre Aussage über Köhners dunkelhaarige Gespie-lin kam mir glaubwürdig vor.«

»Abgesehen davon, dass Lisa sie nicht noch einmal gesehen haben will«, knurrte Mona. Ihr Kollege klopfte ihr beruhigend auf die Schulter.

»Wenn diese unbekannte Dame Köhner wirklich auf dem Gewissen hat, dann wird sie ihn zum *Hummerhafen* begleitet haben«, vermute-te der Oberkommissar, »denn irgendwie muss das Opfer ja schließ-lich in das Aquarium gelangt sein. Und wenn das so sein sollte, dann könnte jemand vom Personal oder von den anderen Gästen sie bemerkt haben. Immerhin liegt uns nun eine Personenbeschreibung vor.«

»Abgesehen davon, dass sie wohl nicht im Unterrock dorthin gegangen sein wird«, bemerkte Mona trocken.

Der Ostfriese lachte.

»Schön, dass du deinen Humor nicht verloren hast.«

»Den werde ich brauchen, wenn Oltbeck uns morgen die Köpfe wäscht.«

Enno erwiderte: »Bis es so weit ist, sollten wir noch einige Befragungen durchführen. Vielleicht erfahren wir ja mehr über die Unbekannte und können den Chef dadurch etwas milder stimmen.«

Kapitel 12

Das Donnerwetter am nächsten Morgen blieb natürlich trotzdem nicht aus. Als Mona das Wachlokal betrat, wurde sie von Grietje begrüßt. Die Polizeimeisterin wedelte mit der rechten Hand, als ob sie sich verbrannt hätte.

»Du und Enno sollt sofort zum Chef kommen. Er hat übelste Laune.«

»Das wundert mich nicht«, gab die Kommissarin trocken zurück.

»Wieso? Hast du dir etwa eine Frechheit erlaubt?«, fragte Grietje betont unschuldig.

»Wer im Glashaus sitzt, soll nicht mit Steinen werfen«, erwiderte Mona augenzwinkernd und ging gleich zum Büro des Dienststellenleiters durch. Dort hatte auch Enno soeben Platz genommen. Mona setzte sich auf den anderen Besucherstuhl vor dem Schreibtisch des Hauptkommissars. Oltbeck trommelte mit einem Kugelschreiber im Takt auf die Tischplatte. Er bedachte seine Untergebenen mit einem Unheil verkündenden Blick und begann: »Ich habe einen Anruf von Katja Schiller bekommen. Sie wissen, wer das ist?«

Die Ermittlerin hielt es für klüger, zunächst nicht zu reagieren. Aber der Chef erwartete offenbar eine Antwort. Nach einem unangenehmen Moment der Stille sagte Enno: »Die Managerin vom Hotel *Zu den Gezeiten* hat also mit Ihnen telefoniert.«

»Richtig, Herr Moll. Und worum wird es wohl bei diesem Gespräch gegangen sein?«

Monas Vorsatz, sich zurückzuhalten, war schon nach wenigen Sekunden wieder vergessen: »Eine Hotel-Mitarbeiterin namens Lisa Mehlmann hat sehr nah am Wasser gebaut. Sie ist sofort in Tränen ausgebrochen, als wir ihr eine ganz normale Frage gestellt haben. Und warum? Weil sie garantiert etwas zu verbergen hat!«

Der Chef richtete seinen Kugelschreiber wie eine Waffe auf die Kommissarin. Er schnarrte: »Was Sie unter einer *normalen Frage* verstehen, ist mir vollkommen klar, Frau Sander! Für die Managerin stellte sich die Situation völlig anders dar. Sie sprach von Psychoterror, mit dem Sie die Angestellte überzogen hätten.«

»Es ist Psychoterror, wenn wir die Wahrheit erfahren wollen?«

Die Kommissarin wusste selbst, dass es nicht sehr clever war, mit einer provokanten Frage zu antworten. Doch bevor Oltbeck endgültig explodierte, glättete Enno die Wogen: »Wir konnten bei den

Ermittlungen bereits einen entscheidenden Durchbruch erzielen. Es gibt jetzt eine Verdächtige, die höchstwahrscheinlich als Täterin infrage kommt.«

Er fasste kurz zusammen, was die beiden über Köhners Diabetes-Erkrankung und seine bisher noch unbekannte Besucherin herausgefunden hatten. Der Chef entspannte sich ein wenig und ließ seinen Kugelschreiber sinken. Die Aussicht, den Mordfall in absehbarer Zeit aufklären zu können, schien ihn zu besänftigen. Er sagte: »Wenn ich Sie richtig verstehe, dann muss diese Frau von Köhners Affäre mit Marlies Aschendorf gewusst haben. Also beschaffte die Verdächtige das tiermedizinische Betäubungsmittel, um den Verdacht auf die Gattin des Restaurantbesitzers zu lenken? Aber ist das nicht ein unverhältnismäßig großer Aufwand? Sie hätte ihn auch einfach im Schlaf ersticken oder strangulieren können, wenn sie schon bei ihm in der Suite war.«

Enno gab zu bedenken: »Das ist zweifellos richtig, aber bei diesem Vorgehen wäre Marlies Aschendorf ungeschoren davongekommen. Ich vermute, dass die Mörderin zwei Fliegen mit einer Klappe schlagen wollte. Es ging ihr darum, Köhner zu töten und gleichzeitig ihre Rivalin hinter Gitter zu schicken.«

»Das könnte stimmen«, räumte der Dienststellenleiter ein, »aber nach wie vor bleibt die Frage zu klären, wie das Opfer in das Aquarium gelangt ist. Sie haben mir berichtet, dass zwei kräftige Männer nötig waren, um den Toten aus dem Wasser zu holen. Es wird nicht einfacher gewesen sein, ihn in das Bassin zu bekommen.«

»Dieser Punkt ist wirklich noch zu klären«, sagte Mona. »Wir wollen uns zunächst auf die Suche nach der dunkelhaarigen Frau konzentrieren.«

»Aber nicht im Hotel *Zu den Gezeiten*!«, warnte Oltbeck. »Die Managerin hat unmissverständlich deutlich gemacht, dass sie momentan weitere polizeiliche Ermittlungen in ihrem Haus nicht hinnehmen wird. Katja Schiller hat mir glaubhaft versichert, dass es sich bei Köhners Geliebter nicht um einen weiblichen Gast des Hotels handelt. Und Lisa Mehlmann ist offenbar nach der Begegnung mit Frau Sander traumatisiert und zu keinen weiteren Aussagen bereit.«

Diesmal schaffte Mona es, ihren Mund zu halten. Ihre Vermutung, dass in dem Hotel etwas unter den Teppich gekehrt werden sollte, wurde nur noch bestärkt. Enno sagte: »Wir haben sowohl Köhners

Diabetes-Etui als auch sein Smartphone als Beweisstücke beschlagnahmt. Die Suite ist ohnehin kein Fall für die Spurensicherung, weil dort bereits gründlich geputzt wurde. Also gibt es momentan überhaupt keinen Grund, dieses Hotel noch einmal aufzusuchen.«

»Würde die Mörderin nicht sowohl die Spritzen als auch das Telefon beseitigt haben?«, fragte Oltbeck.

»Ich stelle es mir so vor, dass Köhner und die Frau gemeinsam das Hotel verlassen haben«, meinte Enno. Er fuhr fort: »Noch wissen wir nicht, wie sich der Mord genau abgespielt hat. Vielleicht verließ die Täterin unsere Insel schon am nächsten Morgen mit der ersten Fähre oder einem Flugzeug. Sie befürchtete möglicherweise gar nicht, dass wir ihr auf die Spur kommen könnten.«

»Das ist allerdings nur eine Annahme«, fügte Mona hinzu.

Oltbecks Wut schien jetzt verraucht zu sein. Er fragte in normalem Tonfall: »Konnten Sie das Smartphone des Opfers auswerten?«

»Leider nicht«, antwortete Enno. »Sowohl Frau Sander als auch ich haben vergeblich versucht, es zu entsperren. Wir müssen es ans kriminaltechnische Labor Oldenburg schicken. Die Spezialisten werden es schon knacken.«

»Gut, ich werde dort anrufen und Druck machen. – Sind die Befragungen der Zeugen abgeschlossen?«, wollte der Chef wissen.

»Damit können wir praktisch von vorn anfangen«, erklärte Enno. »Bis gestern Nachmittag wussten wir ja noch nicht, nach wem wir konkret suchen. Jetzt haben wir immerhin eine vage Beschreibung einer schlanken jungen Frau mit kinnlangen dunklen Haaren.«

»Dann legen Sie sich ins Zeug!«, forderte Oltbeck. »Köhner wird sich ja nicht selbst ins Aquarium fallen gelassen haben, oder? Es waren so viele Menschen bei der Feier, dass irgendjemand etwas gesehen haben *muss*! – Und Sie sorgen bitte dafür, dass Frau Sander nicht noch einmal Lisa Mehlmann anspricht, Herr Moll.«

Der Chef machte deutlich, dass die Besprechung beendet war.

Die Kommissare gingen zunächst in ihr Dienstzimmer, um nach der Post zu sehen. Mona sagte: »Der Anpfiff war heute ja vergleichsweise harmlos. Oltbeck hat aber – wahrscheinlich ungewollt – einen neuen Gesichtspunkt ins Spiel gebracht. Er meinte sinngemäß, dass Köhner wohl kaum freiwillig ein Bad in dem Hummertank genommen hat. Aber wieso eigentlich nicht? Ich will damit sagen: Hat die Täterin ihm das Ketasin verabreicht, um ihn zu ertränken, oder verfolgte sie einen ganz anderen Plan?«

Enno folgte dem Gedankengang: »Du meinst, es war noch gar nicht vorherzusehen, dass Köhner in die Nähe des Aquariums kommen würde?«

»So stelle ich es mir vor«, sagte Mona. Sie ergänzte: »Er wird wohl kaum gesagt haben: ›Schatz, wir gehen jetzt zur Wiedereröffnungsfeier, wo wir einen menschenleeren Moment im Gastraum abpassen, damit ich das Bewusstsein verliere und du mich zusammen mit einem Komplizen ins Aquarium werfen kannst – von dem wir natürlich jetzt schon wissen, dass es leer sein wird.‹«

»Nein, so wird sich die Situation nicht abgespielt haben«, bestätigte Enno lächelnd. Er schlug vor: »Lass uns noch einmal mit Dr. Siemers sprechen. Es wird ihn gewiss interessieren, was bei der Obduktion herausgekommen ist. Und er kann uns bestimmt auch erklären, welche Folgen der Austausch von Ketasin gegen Insulin gehabt haben könnte.«

Damit war Mona einverstanden. Die beiden fuhren zum Krankenhaus in der Gartenstraße hinüber. Die Klinik in dem flachen Gebäude verfügte nur über wenige Betten. Der junge glatzköpfige Arzt hatte gerade seine Visite beendet, als die Ermittler hereinkamen.

»Ich hoffe nicht, dass es schon wieder einen neuen Todesfall gab«, sagte Dr. Siemers. Mona schüttelte den Kopf und erwiderte: »Nein, vielmehr müssen wir noch einmal auf den Ertrunkenen im Aquarium zurückkommen.«

Sie erzählte von der Ketasin-Injektion und den gefundenen Insulinspritzen in der Suite. Der Arzt überlegte einen Moment lang und erwiderte: »Offenbar litt dieser Mann an Diabetes Typ 1. Das bedeutet: Sein Körper kann nicht von selbst Insulin produzieren, daher muss er es sich mehrfach am Tag spritzen.«

»Zumindest eine Spritze hat Köhner ja ausgelassen, weil ihm stattdessen Ketasin untergejubelt wurde«, stellte die Kommissarin klar.

»Mit dieser tiermedizinischen Substanz kenne ich mich nicht aus«, gab Dr. Siemers zu, »aber auch ohne das Betäubungsmittel hätte die Gefahr bestanden, dass der Patient ohne sein Insulin in ein diabetisches Koma gefallen wäre.«

»Was bedeutet das?«

»Sein Atem beginnt nach faulen Äpfeln zu riechen, er verliert das Bewusstsein und muss sofort ins Krankenhaus, wo ihm Insulin gespritzt wird. – Ich kann mir vorstellen, dass der Insulinmangel in Kombination mit dem Betäubungsmittel eine tiefe Bewusstlosigkeit ausgelöst hat. Die Todesursache dürfte aber nach wie vor Ertrinken gewesen sein.«

»Das wurde auch durch die Obduktion bestätigt«, sagte Enno. Er fügte hinzu: »Wie viel Zeit hätte zwischen der Verabreichung des Ketasins und der Ohnmacht vergehen können?«

»Diese Frage ist sehr schwierig zu beantworten, Herr Moll. Ich würde von ein bis zwei Stunden ausgehen. Das ist aber eine sehr grobe Schätzung. Viel hängt vom körperlichen Allgemeinzustand des Mannes ab ...«

»Er hatte auch Alkohol getrunken«, warf Mona ein.

»Dadurch wurde seine Lage vermutlich zusätzlich verschlechtert, was natürlich von der Dosis abhängt, Frau Sander. Aber an meiner grundsätzlichen Einschätzung ändert sich dadurch nichts.«

Die Kommissare bedankten sich und verließen das Krankenhaus wieder.

»Dann sollten wir uns jetzt die Zeugen nochmal vorknöpfen«, meinte die Ermittlerin. »Und du musst aufpassen, dass ich nicht in die Nähe vom Hotel *Zu den Gezeiten* komme.«

»Deine Witze waren schon mal besser.«

»Es tut mir ja leid, dass die Befragung gestern ein wenig aus dem Ruder gelaufen ist«, behauptete Mona. »Aber denkst du nicht auch, dass Lisa Mehlmann mehr weiß, als sie uns gesagt hat?«

»Ich bin mir nicht sicher«, erwiderte der Oberkommissar. »Vielleicht ist sie einfach nur sehr in sich gekehrt und wurde durch deine unnachahmliche Art etwas verschreckt.«

»Als *unnachahmlich* hat mich auch noch niemand bezeichnet«, meinte die Kriminalistin lächelnd. Sie fuhr fort: »Aber findest du es nicht übertrieben, dass die Managerin uns gleich bei unserem Vorgesetzten verpetzt hat? – Also, genau genommen eigentlich mich, denn du warst ja wie üblich die Ruhe in Person.«

»Das ist eben mein Naturell«, beteuerte Enno, »und ich finde Frau Schillers Reaktion durchaus nachvollziehbar. Du weißt doch selbst, wie schwierig es für die Hotels und Restaurants auf Borkum ist, gutes Personal zu bekommen. Vielleicht hatte die Managerin einfach nur Angst, dass Lisa Mehlmann mit der nächsten Fähre Richtung Festland verschwinden würde.«

»Ja, vielleicht«, murmelte Mona. Ihr Bauchgefühl sagte ihr, dass mehr dahintersteckte. Doch da sie für ihre Vermutung keine Beweise hatte, ritt sie nicht länger auf dem Thema herum. Außerdem wollte sie ihren Kollegen nicht in Schwierigkeiten bringen. Neben ihrem Freund Jan und ihrer Mutter war Enno für sie der wichtigste Mensch auf der Welt. Wenn ihr Dienstpartner Ärger bekam, weil sie wieder einmal eine Anweisung ihres Vorgesetzten ignoriert hatte, würde sie sich dies gewiss nicht verzeihen.

Die Kommissare telefonierten herum und konnten schon bald erneut Befragungen in der Polizeistation durchführen. Die Mitarbeiter des *Hummerhafens* waren zur Untätigkeit verdammt, weil das Lokal immer noch geschlossen war. Eine echte Wiedereröffnung stand zurzeit in den Sternen. Dies hatte den Vorteil, dass das Personal den Ermittlern sofort zur Verfügung stand. Als Erster traf ein Beikoch namens Markus Brodersen auf der Wache ein. Er war ein großer, stämmiger Kerl mit breiter Stirn und rasiertem Schädel. Mona lotste ihn in ihr Dienstzimmer, bot ihm ihren Besucherstuhl an und sagte: »Wir arbeiten nach wie vor an der Aufklärung des Mordes im *Hummerhafen*.«

»Ich habe Ihnen schon alles gesagt, was ich weiß. Mir ist überhaupt nichts Ungewöhnliches aufgefallen.«

»Daran zweifelt niemand, Herr Brodersen. Inzwischen haben wir aber neue Informationen. Wir suchen konkret nach einer jungen schlanken Frau mit dunklen Haaren, die bis zum Kinn reichen.«

»Ja, die hab ich an dem Abend gesehen. Was ist denn mit ihr?«

Kapitel 13

Monas Puls beschleunigte sich. Sie hakte sofort nach: »Warum haben Sie das nicht schon bei unserem ersten Kontakt gesagt?«

Brodersen zuckte mit den Schultern. »Weil Sie mich nicht danach gefragt haben, Frau Sander.«

Das stimmte natürlich, und die Kommissarin wollte nicht weiter auf dem Thema herumreiten. Ihr kam es jetzt darauf an, so viel wie möglich über die Verdächtige zu erfahren. »Wissen Sie noch, wie die Frau gekleidet war?«

»Ganz normal, glaube ich. Also Jeans und ein Sweatshirt oder ein Baumwollpullover oder so etwas.«

»Die Gäste waren festlich angezogen«, stellte Mona klar und erinnerte sich mit Widerwillen an die hochhackigen Schuhe, die sie an dem Abend getragen hatte. Sie fuhr fort: »Wurden Sie gar nicht misstrauisch wegen des legeren Aussehens der Frau?«

Der Beikoch schaute die Kriminalistin an, als ob sie nicht alle Tassen im Schrank hätte. Dann erwiderte er: »Also, ich bin bestimmt kein Modeexperte. Außerdem war die Frau schon da, bevor die ersten Gäste eintrafen. Ich hielt sie für eine Spülhilfe oder Reinigungskraft. Bei denen ist es ja ziemlich egal, was sie tragen, da die Gäste sie nicht zu sehen kriegen.«

Damit hatte er zweifellos recht. Mona ärgerte sich, weil ihr selbst diese Erklärung nicht eingefallen war. Sie blieb einen Moment lang bei dem Punkt: »Sie kannten also Ihre neuen Arbeitskollegen nicht besonders gut?«

»Nee, woher denn, Frau Sander? Wir sind ein bunt zusammengewürfelter Haufen. Ich weiß nur, dass Prigge mein direkter Boss ist. In der Küche ist es wichtig, dass einer das Sagen hat und die anderen nach seiner Pfeife tanzen. Ich hatte nur mitgekriegt, dass es eine oder zwei Spülhilfen geben sollte. Ich nahm an, die Dunkelhaarige wäre eine von ihnen.«

»Haben Sie mit der Frau gesprochen?«

Brodersen beantwortete die Frage mit einem Kopfschütteln und stellte klar: »Seit ich an dem Nachmittag beim *Hummerhafen* erschienen bin, habe ich nur gearbeitet. Prigge und ich bereiteten in der Küche die kalten Platten vor, und zwischendurch musste ich auch noch beim Ausladen des LKWs helfen. Die Spülhilfen hatten ja logischerweise noch nichts zu tun, weil es noch kein benutztes

Geschirr gab. Darum dachte ich mir nichts dabei, dass die Kleine nur doof in der Gegend herumstand.«

»Also haben Sie die Frau länger beobachtet, Herr Brodersen?«

»Halten Sie mich für einen Spanner?«, gab der Beikoch gereizt zurück. »Ich wollte damit sagen, dass ich sie kurz im Vorbeigehen bemerkt habe. Sie stand im leeren Gastraum in der Nähe des Aquariums und schien nicht recht zu wissen, was sie mit sich anfangen sollte.«

»Kam es Ihnen vor, als ob die Frau auf jemanden warten würde?«, fragte Mona.

»Was weiß ich … ja, vielleicht«, murmelte Brodersen. Dann fügte er hinzu: »Jetzt fällt es mir wieder ein: Jemand war auf dem Herren-WC. Die Tür ging auf, und sie ging dann in die Richtung.«

»Konnten Sie den Mann erkennen?«

»So lange habe ich nicht gewartet, ich bin in die Küche zurück-gekehrt«, sagte der Beikoch.

»Wann war das ungefähr?«

»So gegen 15 Uhr.«

Mona hakte nach: »Befanden sich die Hummer zu dem Zeitpunkt im Aquarium?«

Erneut schaute Brodersen sie an, als ob sie ihn auf den Arm nehmen wollte. Er antwortete erst nach kurzem Überlegen: »Ich habe nicht darauf geachtet, aber eine Leiche war garantiert nicht im Becken. Das wäre mir ja aufgefallen.«

Die Kommissarin zerbrach sich immer noch den Kopf über die Frage, wie der Tote unbemerkt in den Behälter hatte gelangen kön-nen. Plötzlich fiel ihr zumindest ein Teil der Lösung ein: »Herr Brodersen, sollte eigentlich das Wasser im Aquarium vor der Eröffnung ausgetauscht werden?«

»Ja, auf jeden Fall.«

»Liefen die Pumpen zu der Zeit, als Sie die Frau im Gastraum bemerkten?«

»Jetzt, wo Sie es sagen … woher wissen Sie das?«

»Ich habe es vermutet«, erklärte die Kriminalistin. Sie fuhr fort: »Wäre der Behälter voll gewesen, als die Leiche darin versenkt wurde, dann hätte das Wasser überschwappen müssen. Aber wenn das Aquarium schon halb leer war, wäre das nicht geschehen. Dann hätte der Täter oder die Täterin nur noch die Pumpe abstellen müssen, damit kein zusätzliches Wasser ins Bassin strömt.« Was das

Abdecken des Aquariums anging, so hatte Marlies Aschendorf ja bereits zugegeben, es getan zu haben. Aber Mona musste diese Aussage gegenchecken. Sie fragte den Beikoch: »War denn das Aquarium abgedeckt oder nicht?«

»Das Tuch war noch nicht drauf, obwohl ich meine Hand dafür nicht ins Feuer legen würde.«

»Und – haben Sie die Frau später noch einmal gesehen?«

»Nein, aber was soll die viele Fragerei eigentlich bezwecken? Hat sie etwas mit dem Tod des Mannes zu tun?«

»Wir müssen die Person unbedingt sprechen. Bitte rufen Sie mich sofort an, falls sie Ihnen irgendwo auf der Insel über den Weg läuft. Meine Mobilnummer haben Sie.«

»Ja, Frau Sander. – Ich möchte jetzt aber auch mal etwas von Ihnen erfahren: Glauben Sie, ich sollte mir einen anderen Job suchen? Oder wird der *Hummerhafen* irgendwann doch einmal eröffnet?«

Die Kommissarin erwiderte: »Ich wünschte, dass ich es selbst wüsste. – Das Personal wurde doch von Herrn Aschendorf eingestellt, oder?«

Brodersen nickte. Mona glaubte zwar nicht, dass die Unbekannte wirklich als Spülhilfe eingestellt worden war, doch völlig ausschließen konnte sie dies nicht. Der Beikoch verabschiedete sich.

Enno war gerade im Gespräch mit einem anderen Angestellten des *Hummerhafens*. Er hatte sich mit dem Zeugen in den Verhörraum zurückgezogen, damit die beiden Ermittler einander bei den Befragungen nicht störten. Mona kochte erst einmal einen Tee und wartete ungeduldig, bis auch ihr Kollege fertig war. Als der Besucher den Verhörraum verließ, eilte sie hinein und berichtete dem Oberkommissar, was sie von Brodersen erfahren hatte. Er nickte langsam und fragte: »Denkst du, dass die Verdächtige vor der Toilette auf Köhner gewartet hat?«

»Momentan ist das die plausibelste Erklärung, oder? Ich stelle es mir so vor: Köhner und seine Gespielin gehen gemeinsam zur Wiedereröffnungsfeier. Er stand nicht auf der Gästeliste, sie wahrscheinlich auch nicht. Gegen ein offizielles Erscheinen spricht übrigens, dass beide sehr leger gekleidet waren. Du weißt selbst, dass wir uns für den Abend unbedingt in Schale werfen mussten.«

»Du wärst am liebsten in Paradeuniform erschienen«, erinnerte Enno grinsend.

»Ja, das ist eben meine Art von Humor. – Wie auch immer, Täterin und späteres Opfer betreten den leeren Gastraum. Es war offenbar an dem Tag kein Problem, ungesehen in den *Hummerhafen* zu gelangen. Köhner muss zur Toilette, die Dunkelhaarige wartet auf ihn. Brodersen kommt vorbei, nimmt aber an ihr keinen Anstoß, weil er sie für eine Spülhilfe hält.«

»Eine gute Schlussfolgerung, könnte glatt von mir stammen.«

»Das freut mich, Enno. – Köhner kommt also wieder aus der Toilette, nun verliert er vielleicht das Bewusstsein. Und jetzt kommt der entscheidende Punkt: Er ist ohnmächtig, und die Unbekannte kann ihn im Aquarium ertrinken lassen. Doch dafür benötigt sie einen Komplizen. Allein hätte sie den Mann wohl kaum in das Bassin heben können.«

»Mir fällt noch eine andere Variante ein«, erwiderte der Ostfriese. »Wie wäre es, wenn die Täterin Köhner aus irgendeinem Grund dazu gebracht hätte, auf eine Trittleiter am Rand des Aquariums zu steigen? Wenn er in dem Moment schon schwächelte, hätte sie ihm nur einen kleinen Stoß versetzen müssen.«

»So eine Leiter wird es wohl irgendwo im Lokal geben, da jemand von meiner Größe sonst nicht die Oberkante des Bassins erreichen kann«, meinte Mona selbstironisch. »Aber ansonsten kommt mir deine Lösung ziemlich an den Haaren herbeigezogen vor. Theoretisch hätte es sich so abspielen können. Mir ist allerdings nicht klar, warum die Frau Köhner dazu bringen sollte, in ein leeres Aquarium zu starren.«

»Ich bin selbst nicht ganz von meiner Idee überzeugt«, gab Enno zu, »aber wir sollten alle Möglichkeiten bedenken.«

Die Kommissare sprachen noch mit weiteren Personen, die bei der Feier gewesen waren. Eine Zeugin erinnerte sich, die Dunkelhaarige kurz vor dem offiziellen Eröffnungsbeginn durch den Notausgang verschwinden gesehen zu haben.

»Ich nahm an, dass die Frau zum Personal gehörte.«

Dieser Satz fiel sinngemäß noch mehrmals. Mehrere andere Menschen hatten die Verdächtige ebenfalls bemerkt und aufgrund ihrer Kleidung für eine Mitarbeiterin gehalten. Immerhin sagten alle Befragten übereinstimmend aus, dass die Frau Jeans und ein blaues Sweatshirt oder einen Kapuzenpullover trug.

»Wir sollten zunächst herausfinden, ob die Dunkelhaarige sich überhaupt noch auf Borkum befindet«, meinte Mona. »Dazu müssten wir die alleinreisenden Frauen überprüfen. Einige fallen gewiss schon wegen ihres Alters durchs Raster.«

»Du gehst also davon aus, dass es sich nicht um eine Einheimische handelt?«, vergewisserte sich ihr Kollege.

Die Kommissarin hob die Schultern. »Ausschließen lässt sich das nicht. – Du kennst doch Hans und Franz auf der Insel. Ist da jemand, den du verdächtigen würdest?«

»Auf Anhieb fällt mir niemand ein«, gab der Ostfriese zu. »Allerdings kommen ja jedes Jahr neue Arbeitskräfte nach Borkum, wie du weißt. Manche bleiben nur eine Saison, andere länger oder für immer. Von denen sind mir längst nicht alle bekannt. Außerdem würde ich nicht unbedingt von einer Alleinreisenden ausgehen.«

»Warum nicht?«

»Wenn die Mörderin Köhner zusammen mit einem Komplizen in die Falle gelockt hat, dann könnte dieser Mittäter sich auch ein Zimmer oder eine Ferienwohnung mit ihr teilen.«

»Das sind ja schöne Aussichten!«, schimpfte Mona. Sie musste zugeben, dass die Überlegungen des Oberkommissars Hand und Fuß hatten. Dennoch ließen sie sich von der Touristinformation eine Liste mit allein angereisten Frauen geben und überprüften die Personalangaben. Natürlich hatten auch die uniformierten Kollegen im Streifendienst eine Beschreibung der Verdächtigen bekommen. Doch während der nächsten Stunden kamen die Ermittlungen nicht recht voran. Die meisten Urlauberinnen ließen sich schon aufgrund einer Datenrecherche am PC ausschließen, weil sie nicht zu dem Profil der Gesuchten passten. In einigen Fällen musste Mona sich aufs Fahrrad schwingen und persönlich in den Ferienunterkünften vorbeischauen. Sie kannte inzwischen die meisten Hotelangestellten, Pensionswirte und Privatvermieter mehr oder weniger gut. Da reichte eine kurze Nachfrage, um auch die dort wohnenden Touristinnen ausschließen zu können.

Enno hatte inzwischen am Schreibtisch weitergearbeitet. Als die Kommissarin von einer dieser Fahrten zurückkehrte, schaute sie ihn prüfend an. »Du siehst so aus, als ob du etwas zu essen vertragen könntest.«

»Ja, die Mittagszeit ist schon fast vorbei.« Mit diesen Worten schaute der Ostfriese anklagend auf seine alte zerschrammte Herrenarmbanduhr.

»Dann komm mit, bevor du noch vom Fleisch fällst«, erwiderte sie lächelnd. Mona versuchte, keine schlechte Laune zu bekommen. Sie wusste aus Erfahrung, dass Polizeiarbeit oft zermürbend und langwierig sein konnte. Nur im Fernsehkrimi wurden die Fälle innerhalb von 45 oder 90 Minuten gelöst. Hinzu kam, dass es sich bei dem aktuellen Mordopfer um eine geheimnisumwitterte Persönlichkeit handelte. Und die mangelnde Wahrheitsliebe einiger Beteiligter trug nicht dazu bei, die Ermittlungen voranzutreiben.

Die Kommissare verließen die Polizeiwache und gingen in die nahe gelegene Franz-Habich-Straße hinüber. Dort befand sich der beliebte Fischimbiss *Knurrhahn*, in dem sie meist ihre Mittagspause verbrachten. Mona bestellte wieder ihren geliebten Neptunsalat, während Enno Seelachsfilet mit Pommes Frites wollte. Während sie auf ihr Essen warteten, tranken sie an einem der Stehtische alkoholfreies Bier.

»Ich wette mit dir, dass die Angestellte aus dem Hotel *Zu den Gezeiten* uns mehr über Köhners Freundin sagen könnte!«, platzte die Kommissarin heraus. »Es ist wirklich zum Mäusemelken, dass wir sie nicht noch einmal kontaktieren dürfen.«

»Wie man es nimmt«, gab Enno zurück.

Sie erwiderte: »Diesen listigen Ausdruck auf deinem Gesicht kenne ich! Dabei war ich voller guter Vorsätze, diese Lisa Mehlmann nicht noch einmal anzusprechen. Oltbeck macht uns doch beide einen Kopf kürzer, wenn das herauskommt. Und sie wird garantiert zu ihrer Chefin rennen und petzen, sobald sie mich sieht!«

»Ich habe den Chef so verstanden, dass wir die Frau nicht befragen dürfen. Er hat aber nichts davon gesagt, dass sie nicht beschattet werden darf«, meinte Enno.

»Du bist doch wirklich ein alter Fuchs! Also hältst du es für möglich, dass Lisa Mehlmann und die Täterin einander kennen und es vielleicht sogar ein Treffen zwischen ihnen gibt?«

Der Oberkommissar erwiderte: »Ich bin genau wie du der Meinung, dass die Hotelangestellte uns etwas Wichtiges verschweigt.«

»Auf jeden Fall ist es besser, diese Frau zu observieren, als auf einen Zufall zu warten, der …« Mona unterbrach sich selbst. Sie traute ihren Augen nicht. In diesem Moment schlenderte eine junge Frau mit kinnlangen dunklen Haaren draußen am Knurrhahn vorbei. Sie trug eine rote Kapuzenjacke. Aber ansonsten traf die Beschreibung der Mordverdächtigen exakt auf sie zu.

Kapitel 14

Die Kommissarin glitt von dem Barhocker, auf dem sie zuvor Platz genommen hatte. Enno schaute sie verständnislos an, denn er saß mit dem Rücken zur Straße. Also hatte er die Person gar nicht bemerken können.

»Eben ist eine Frau vorbeigelaufen, bei der es sich um unsere Verdächtige handeln könnte. Ich eile ihr nach, wir bleiben über die Handys in Kontakt!«

Für Mona stand fest, dass ihr Kollege sich nicht an der Verfolgung beteiligen würde. Er hatte viele positive Eigenschaften, aber Schnelligkeit gehörte nicht dazu. Wenn die Verdächtige losrannte, würde die durchtrainierte Mona sie eher erreichen können als der zwanzig Jahre ältere und übergewichtige Oberkommissar.

Die Franz-Habich-Straße war Fußgängerzone. Dort gab es zahlreiche beliebte Läden und Lokale. Die Dunkelhaarige ging nicht in Richtung Inselbahnhof, sondern auf die Volksbank zu. Mona machte ein paar schnelle Schritte, um zu ihr aufzuschließen. Natürlich hätte sie sofort eine Personenkontrolle durchführen können, aber das wäre voreilig gewesen. Außer einer vagen Beschreibung gab es nichts, was die Kommissarin momentan gegen diese Frau in der Hand hatte. Es war cleverer, die Verdächtige zunächst einfach im Auge zu behalten. Mit etwas Glück führte sie die Ermittlerin vielleicht sogar zu ihrem Komplizen.

Die Franz-Habich-Straße war sehr belebt, was an einem sonnigen frühen Nachmittag im September nicht verwundern konnte. Touristen und Kurgäste entspannten sich in den Lokalen, andere hielten in den Souvenirläden nach Andenken für die Daheimgebliebenen Ausschau. Die vielen Passanten erwiesen sich als Vorteil, wenn es um eine unauffällige Beschattung ging. Auch Monas geringe Körpergröße kam ihr zugute. Eine Zeit lang bewegte sie sich im »Windschatten« eines schweren Mannes, bevor dieser in den Fauermannspad abbog. Danach fand die Kommissarin hinter einer munteren Frauengruppe Deckung. Die Dunkelhaarige wirkte völlig arglos. Mona musterte sie genauer. Die Frau war schätzungsweise einen Kopf größer als sie selbst. Außer der roten Kapuzenjacke trug sie eine blaue Jeans sowie weiße Tennisschuhe. Eine Ledertasche hing an einem langen Riemen über ihre linke Schulter. Die Verdächtige ging an der Bank vorbei auf die Neue Straße zu. Monas Smartphone klingelte. Enno war am Apparat. Seine Stimme klang besorgt.

»Wie sieht es bei dir aus?«

»Ich bin schon auf dem Heimweg, Schatz. Ich muss nur noch ein paar Kleinigkeiten einkaufen.«

»Ah, du bist in Hörweite der Verdächtigen. Brauchst du Verstärkung?«

»Danach sieht es nicht aus. Aber du weißt ja – dem Borkumer Wetter kann man nicht trauen.«

»Alles klar«, gab der Oberkommissar lachend zurück. »Lass dich nicht abhängen.«

»Ich hab dich auch lieb.«

Mona beendete das Telefonat. Sie konnte nicht genau einschätzen, ob die vor ihr gehende Frau ihre Worte wirklich gehört hatte oder nicht. Sie wollte einfach nicht riskieren, durch verräterische Sätze als observierende Polizeibeamtin entlarvt zu werden. Doch es war wie verhext. Entweder hatte Mona etwas an sich, das sie auch in Zivil als Kommissarin zu erkennen gab – oder die Verdächtige gehörte zu den Kriminellen, die einen sechsten Sinn für Ordnungshüter zu haben schienen. Jedenfalls beschleunigte die Dunkelhaarige nun ihre Schritte. Dies geschah so dezent, dass ein Laie es überhaupt nicht bemerkt hätte. Aber Mona verfolgte nicht zum ersten Mal eine Person. Die Verdächtige drehte den Kopf ein wenig. Sie versuchte offenbar, in der Spiegelung einer Schaufensterscheibe ihre Verfolgerin zu erkennen. Mona bemerkte die Absicht und trat schnell einen Schritt seitwärts, sodass sie größtenteils hinter einem ihr entgegenkommenden Mann verschwand. Leider nützte diese Aktion nichts. Die Verfolgte hatte Lunte gerochen und rannte nun auf die Straße Am langen Wasser zu. Mona unterdrückte einen Fluch. Sie wollte die Dunkelhaarige auf keinen Fall entkommen lassen. Sie sprintete selbst los und rief: »Polizei! Stehen bleiben!«

Die Verdächtige hatte längere Beine als Mona, was ihr aber nichts nützte. Dank ihres regelmäßigen Lauftrainings hatte die Kommissarin im Handumdrehen den Vorsprung der Frau zusammenschmelzen lassen. Sie packte die Dunkelhaarige an der Schulter.

»Ich habe Sie aufgefordert, nicht weiterzulaufen!«

»Wirklich? Ich habe mich nicht angesprochen gefühlt«, behauptete die Frau. Sie war kurzatmig, obwohl sie nicht mehr als fünfzig Meter im Laufschritt zurückgelegt haben konnte. Immerhin versuchte sie nun nicht, ihre Flucht fortzusetzen.

»Dies ist eine allgemeine Personenkontrolle. Ich fordere Sie auf, mir Ihren Ausweis oder Reisepass zu zeigen.«

»Wenn es sein muss ...«, murmelte die Frau. Sie ließ ihre Umhängetasche von der Schulter gleiten. Doch dann holte sie mit einer Schnelligkeit aus, die Mona ihr nicht zugetraut hätte. Die Attacke traf die Kommissarin völlig überraschend. Die Tasche krachte hart gegen Monas Kopf. Bei der Ermittlerin gingen die Lichter aus.

*

Als Mona die Augen wieder aufschlug, hatte jemand sie in die stabile Seitenlage gedreht. Ihr Schädel brummte. Einige erschrocken wirkende Menschen standen um sie herum. Immerhin filmte niemand mit seinem Handy.

Man ist ja auch für Kleinigkeiten dankbar, dachte sie voller Galgenhumor. Die Kommissarin versuchte sich aufzurichten, aber augenblicklich schien sich in ihrem Kopf ein Karussell in Bewegung zu setzen. Ein braungebrannter älterer Mann kniete neben ihr und hielt ihre Hand.

»Bewegen Sie sich nicht, ich habe bereits den Notruf alarmiert«, sagte er mit beruhigender Stimme.

»Mir fehlt nichts«, behauptete sie. Doch ihr eigener Körper strafte sie Lügen. Monas Magen rebellierte. Momentan fühlte sie sich in der Waagerechten am wohlsten.

»Haben Sie mich gefunden?«, fragte sie den Senior mit belegter Stimme.

Er nickte und erwiderte: »Meine Frau und ich haben einen Spaziergang gemacht, da sahen wir von Weitem den Streit zwischen Ihnen und Ihrer Freundin. Sie wurden brutal niedergeschlagen, und Ihre Freundin lief einfach weg. Wir sind dann gleich hierher geeilt und haben uns um Sie gekümmert.«

Eine Frau mit grauer Kurzhaarfrisur nickte bestätigend. Sie hielt ein Telefon in der Hand.

»Das war nicht meine Freundin, sondern eine Verdächtige. Ich bin Polizistin«, murmelte Mona und tastete an ihrer Hüfte entlang. Wenigstens war ihre Pistole nicht geklaut worden. Sie wandte sich noch einmal an den Grauhaarigen: »Wie lange war ich weggetreten?«

»Vielleicht fünf Minuten.«

Mona wusste, dass dies kein bedeutender Vorsprung war. Doch sie befand sich an einem zentralen Punkt Borkums. Die Verdächtige konnte selbst in der kurzen Zeit einen beachtlichen Vorsprung herausgeholt haben, wenn sie beispielsweise mit einem Taxi weitergefahren war. Die Kommissarin fischte ihr Smartphone aus der Tasche und rief Enno an: »Ich bin es! Das Biest hat mich ausgeknockt, ich bin aber in Ordnung. Oltbeck muss den Fährhafen und den Flugplatz überwachen lassen, damit sie nicht entkommen kann.«

»Das werde ich gleich weitergeben. Wo bist du gerade?«

»Am langen Wasser. Hier haben sich aufmerksame Mitbürger um mich gekümmert. Wir sprechen uns später.«

Mona musste nun abbrechen, weil das Sirengeheul der Ambulanz weiteres Telefonieren sowieso unmöglich machte. Das Geräusch verstummte. Gleich darauf bahnten sich Dr. Siemers und zwei Sanitäter ihren Weg zwischen den Umstehenden.

»Was machen Sie denn für Sachen, Frau Sander?«, fragte der Arzt.

»Ich lasse mich niederschlagen, muss ich mir mal abgewöhnen«, murmelte sie.

»Immerhin haben Sie Ihren Humor nicht verloren«, sagte Dr. Siemers, während er mit einer Taschenlampe in ihre Pupille leuchtete.

»Ich bin geblendet von Ihrer Schönheit, Doktorchen!«

Der Arzt ging nicht auf Monas Spruch ein. Stattdessen betastete er vorsichtig ihren Hinterkopf.

»Sie werden eine Beule bekommen, aber es spricht momentan nichts für einen Schädelbasisbruch. Eine stationäre Aufnahme scheint mir auch nicht notwendig zu sein.«

»Prima, ich habe nämlich jede Menge zu tun!«

Sie wollte sich erheben, aber Dr. Siemers hielt sie zurück.

»So haben wir nicht gewettet«, sagte er. »Wir bringen Sie jetzt nach Hause, wo Sie sich bitte für den Rest des Tages ausruhen. Falls Sie sich morgen früh wieder fit fühlen, können Sie meinetwegen zum Dienst gehen. – Aber versuchen Sie bitte nicht, mich auszutricksen. Ich werde Frau Klasing anrufen. Sie soll darauf achten, dass Sie das Haus heute wirklich nicht mehr verlassen.«

Frau Klasing war Monas Vermieterin, die in ihrem Haus in der Walfangerstrate einige Ferienwohnungen besaß. Die Kommissarin war ihre einzige Dauermieterin. Da Rieke Klasing selbst in dem Gebäude wohnte, würde sie Monas Kommen und Gehen auf jeden Fall bemerken.

Die Kriminalistin fühlte sich tatsächlich nicht besonders gut. Sie beschloss, ausnahmsweise vernünftig zu sein.

»Also gut, Sie haben mich überredet.«

Da Mona keine offene Kopfwunde hatte, wurde ihr zu ihrer Erleichterung kein Verband angelegt. Die Ambulanz schaffte sie zu ihrer Wohnung. Dr. Siemers gab ihr noch ein paar Schmerztabletten, die sie im Bedarfsfall nehmen konnte. Dann verabschiedeten er und die Sanitäter sich. Auch daheim fühlte Mona sich momentan in der Horizontalen am wohlsten. Sobald sie sich aufrichtete, schien ihr Schädel platzen zu wollen. Also ergab sie sich in ihr Schicksal und rief Enno an: »Ich bin so weit wohlauf, allerdings hat Dr. Siemers mich für heute zum Hausarrest verdonnert. Es ist, als wäre ich wieder dreizehn. – Kannst du bei mir vorbeischauen? Wir müssen unbedingt über die Verdächtige sprechen.«

»Fühlst du dich denn dazu in der Lage?«

»Mein Kopf sitzt noch auf meinen Schultern, also gibt es Hoffnung.«

Der Ostfriese lachte erleichtert und sagte: »Alles klar, bis gleich.«

Mona legte das Smartphone beiseite, schloss die Augen und nickte sofort ein. Sie träumte von einem riesigen Aquarium, in dem sie schwamm. Ihre Umgebung bestand aus einer bunten Korallenwelt und Tropenfischen in leuchtenden Farben. Doch plötzlich erschien ein Hammerhai, der sie attackierte. Er schlug mit seinem mächtigen Schädel zu, und …

Die Türklingel schrillte. Mona rang nach Atem und kehrte erleichtert in die Wirklichkeit zurück. Taumelnd kam sie von der Couch hoch und stolperte zum Eingang, wo sie den Summer betätigte. Dann öffnete sie die Tür und legte sich wieder hin.

Enno betrat ihre Wohnung.

»Eine junge Frau erwartet dich, ausgestreckt auf dem Sofa – so werden Männerwünsche wahr!«, scherzte sie.

Doch ihr Kollege blieb ernst. Er ließ sich in einen ihrer Sessel fallen.

»Wie geht es dir?«

»Das ist alles halb so schlimm. Laut dem Medizinmann soll ich mich heute ausruhen, dann bin ich morgen wieder wie neu.«

»Oltbeck ist jedenfalls auch beunruhigt, weil du verletzt wurdest.«

Mona verdrehte die Augen und erwiderte: »Musstest du ihm unbedingt unter die Nase reiben, dass ich eins auf die Nuss bekommen habe?«

»Es ging nicht anders. Wie hätte ich denn erklären sollen, dass du heute nicht mehr zum Dienst erscheinst? Außerdem mussten die Kollegen erfahren, dass die Verdächtige gewaltbereit ist.«

»Ja, das sehe ich alles ein«, gab die Kommissarin seufzend zurück. »Aber tu mir einen Gefallen und halte den Chef davon ab, hier aufzukreuzen. Sag ihm meinetwegen, dass ich unbedingt Ruhe brauche.«

»Ich werde tun, was ich kann«, versicherte Enno.

Mona fasste sich an den Kopf und sagte: »Diese Furie muss einen Ziegelstein oder ein Hufeisen oder einen anderen massiven Gegenstand in ihrer Umhängetasche gehabt haben. Die wird es noch bereuen, sich mit mir angelegt zu haben. – Ich bin vor allem sauer auf mich selbst, weil ich nicht auf Eigensicherung geachtet habe. In dem Moment, als sie zuschlug, konnte ich gar nicht so schnell reagieren. Ich wette mit dir, dass diese saubere Dame nicht zum ersten Mal Widerstand gegen eine polizeiliche Maßnahme geleistet hat.«

Die Kommissarin berichtete ihrem Kollegen nun so ausführlich wie möglich, was sich zwischen ihr und der Verdächtigen ereignet hatte.

Er nickte bedächtig und stellte fest: »So, wie du mir die Beschattung schilderst, hat die Dunkelhaarige dich sehr schnell bemerkt. Und das lag gewiss nicht daran, dass du dich stümperhaft angestellt hast.«

»Deine Worte sind Labsal für mein lädiertes Selbstbewusstsein. – Nein, ernsthaft: Du bist auch der Meinung, dass wir es mit einer ausgekochten Kriminellen zu tun haben?«

»Das würde doch passen, oder nicht?«, fragte der Ostfriese zurück. »Wir müssen uns immer vor Augen halten, wer das Mordopfer war: ein zwielichtiger Typ aus der Frankfurter Unterwelt, der bestimmt aus gutem Grund seinen Namen abgelegt und sich einer Gesichtsoperation unterzogen hat. Seine Vergangenheit könnte ihn wieder eingeholt haben. Von daher ist es nur logisch, wenn es sich bei der Mörderin nicht um eine Ersttäterin, sondern um eine Berufskriminelle handeln würde.«

»So weit hatte ich noch gar nicht gedacht«, gab Mona zu, »aber mein Hirn wurde ja auch ganz schön durchgeschüttelt.«

»Du musst bitte Bescheid sagen, wenn ich gehen soll.«

»Keine Sorge, noch kann ich dich sehr gut ertragen. – Was hast du mir da eigentlich mitgebracht?«

Sie deutete auf die Plastiktüte, die der Oberkommissar neben seinen Sessel gestellt hatte.

»Das ist dein Neptunsalat. Du bist ja nicht mehr dazu gekommen, ihn zu essen. Also habe ich ihn einpacken lassen.«

»Du bist doch der Beste«, erwiderte Mona und warf Enno eine Kusshand zu. Dann fragte sie: »Wenn die Dunkelhaarige Köhner getötet hat – warum ist sie dann noch auf Borkum? Sie hätte sich längst absetzen können. Je länger die Täterin auf der Insel bleibt, desto größer ist für sie die Gefahr, erwischt zu werden.«

Enno spann den Faden weiter: »Also muss sie noch eine Aufgabe erledigen. Und diese ist so wichtig, dass sie das Risiko in Kauf nimmt. Fest steht, dass sie den Verdacht auf Marlies Aschendorf lenken wollte. Also muss sie von der Affäre zwischen ihr und Köhner gewusst haben. Woher? Es könnte sich lohnen, noch einmal mit Freddy Rücksprache zu halten. Frau Aschendorf ist schon auf Norderney fremdgegangen, die Täterin wird sich wahrscheinlich ebenfalls dort aufgehalten haben. Vielleicht ist sie dabei nicht unentdeckt geblieben. Als unser Kollege hier war, hatten wir die Personenbeschreibung der Dunkelhaarigen noch nicht.«

»Ja, das klingt für mich plausibel. Einen Versuch ist es auf jeden Fall wert«, murmelte Mona. Die Attacke hatte sie doch mehr mitgenommen, als sie sich zunächst eingestehen wollte. Sie musste zugeben, dass Dr. Siemers mit seinem »Hausarrest« genau die richtige Maßnahme ergriffen hatte.

Enno schaute sie prüfend an.

»Du siehst müde aus, du solltest dich jetzt ausruhen. Bist du sicher, dass ich dich allein lassen kann?«

»Ja, das geht schon. Und Frau Klasing ist ja auch im Haus. Die hat sogar einen Schlüssel, falls ich den Klappmann mache. Oder die Klappfrau, besser gesagt.«

Der Oberkommissar erhob sich aus dem Sessel und sagte: »Ich stelle den Neptunsalat in den Kühlschrank. Halt die Ohren steif – und gute Besserung.«

»Danke«, erwiderte Mona, während sie allmählich wieder von der Erschöpfung übermannt wurde. Ihre Augenlider fühlten sich plötzlich sehr schwer an. Sie hörte noch, wie Enno die Tür hinter sich zuzog. Dann schlief sie ein.

Kapitel 15

Als Mona am nächsten Morgen aufwachte, betastete sie zunächst vorsichtig ihren Hinterkopf. Dort wuchs tatsächlich eine Beule, wie Dr. Siemers es vorhergesagt hatte. Ansonsten fühlte sie sich aber nicht schlecht, zumindest das Schwindelgefühl, die Übelkeit und der Kopfschmerz hatten sich verabschiedet. Die Kommissarin hatte komplett bekleidet auf dem Sofa geschlafen. Sie war am Abend zu müde gewesen, um noch in ihr Bett zu wechseln. Sie stand nun im Zeitlupentempo auf und stellte erleichtert fest, dass ihr trotzdem nicht schlecht wurde. Allerdings meldete sich ihr Magen mit einem lauten Knurren zu Wort, denn sie hatte nach dem Weggang ihres Kollegen weder den Salat noch irgendetwas anderes Essbares angerührt.

Mona ließ die Hüllen fallen, duschte und zog frische Sachen an. Bei einem ausgiebigen Frühstück in ihrer kleinen Küche kehrten ihre Lebensgeister endgültig zurück. Sie war in Gedanken nun schon wieder ganz bei ihrem Fall. Wenn die Dunkelhaarige wirklich eine Profi-Kriminelle war, dann musste ihr klar sein, dass die Polizei nach einem Angriff auf eine Kollegin die Täterin mit besonderem Nachdruck suchen würde. Wäre Mona selbst die Verbrecherin gewesen, dann hätte sie der Insel so schnell wie möglich den Rücken gekehrt.

Wodurch wurde die mutmaßliche Mörderin noch auf Borkum gehalten? Hatte ihr Aufenthalt etwas mit dem *Hummerhafen* selbst zu tun? Es konnte kein Zufall sein, dass der Ermordete sowohl mit dem Lokalbesitzer Geschäfte getätigt als auch mit dessen Ehefrau ein Verhältnis gehabt hatte. Es musste Zusammenhänge geben, von denen die Kommissarin noch nichts wusste.

Sie hatte ihr Frühstück mit gekochten Eiern, Marmeladentoast und starkem Tee mehr als an anderen Tagen ausgedehnt. Sie musste sich nun schon fast beeilen, wenn sie pünktlich zum Dienst erscheinen wollte. Da fiel ihr ein, dass ihr Fahrrad immer noch an der Polizeistation stand. Mona fing gerade an, schlechte Laune zu bekommen, als ihr Telefon klingelte. Enno war am Apparat.

»Moin, ich wollte hören, wie es dir heute geht.«

»Ich fühlte mich blendend, bis ich kapierte, dass ich heute zu Fuß zur Arbeit kommen muss.«

»Nicht nötig, ich hole dich mit dem Auto ab – es sei denn, du fühlst dich noch nicht wohl.«

»Ich bin wieder wie neu«, versicherte die Kommissarin, »und danke, dass du Oltbecks Besuch verhindert hast.«

»Ja, ich sagte dem Chef, dass du ziemlich groggy wärst – was ja nicht gelogen war. Also, bis gleich.«

Mit diesen Worten beendete der Ostfriese das Telefonat. Mona räumte noch ihre Küche auf und ging hinunter, um die Morgenluft zu genießen. Doch bevor sie das Haus verlassen konnte, öffnete Frau Klasing ihre Wohnungstür.

»Moin, ist wieder alles in Ordnung?«, fragte die Vermieterin besorgt.

Die Kriminalistin blinzelte ihr zu und erwiderte: »Sie wissen doch – Unkraut vergeht nicht. Ich wünsche noch einen schönen Tag!«

Die Walfangerstrate lag in einer ruhigen Wohngegend ohne Durchgangsverkehr. Es dauerte nicht lange, bis der Dienstwagen erschien und vor Frau Klasings Grundstück zum Halten kam. Mona öffnete die Tür und ließ sich auf den Beifahrersitz fallen. Enno warf ihr einen prüfenden Blick zu und meinte: »So fertig wie gestern siehst du nicht mehr aus.«

»Komplimente hört doch jede Frau gern«, scherzte Mona. Dann fragte sie: »Was macht die Fahndung nach meiner speziellen Freundin?«

»Alle Kollegen geben ihr Bestes, damit die Dame uns nicht entkommt. Falls sie noch auf der Insel ist, werden wir sie früher oder später erwischen.«

Mona wusste, dass Ennos Zuversicht grenzenlos war. Ihr selbst war allerdings noch kein plausibler Grund eingefallen, warum die Verbrecherin nach der Attacke auf Mona nicht hätte verschwinden sollen. Sie sagte: »Irgendwo muss die Frau während ihres Aufenthalts ja gewohnt haben. Wenn wir ihren Beherbergungsbetrieb ausmachen können, bringt uns das schon einen großen Schritt weiter.«

»Ja, darum sollten wir uns heute kümmern. – Oltbeck möchte dich übrigens gleich sehen«, erwiderte der Ostfriese und brachte wenig später den Dienstwagen auf dem Hof der Polizeistation zum Stehen.

»Wenigstens werde ich heute wohl vom Chef nicht eins auf den Deckel kriegen«, sagte Mona. Mit dieser Einschätzung behielt sie recht. Kaum hatten die Kommissare das Büro des Dienststellenleiters betreten, als Oltbeck Monas Hand so heftig schüttelte, als ob sie soeben von einer monatelangen Himalaya-Expedition zurückgekehrt wäre. Sie war sicher, dass er sie am liebsten umarmt hätte. Doch der

Hauptkommissar war Gentleman genug, um seiner Untergebenen nicht zu sehr auf die Pelle zu rücken.

»Frau Sander, wie geht es Ihnen? Sind Sie wieder dienstfähig?«

»Dr. Siemers hat gesagt, dass ich heute wieder arbeiten darf, wenn ich keine Schmerzen habe«, antwortete Mona. »Und außer einer Beule am Hinterkopf sind mir keine Erinnerungen an diesen Vorfall geblieben. – Selbstverständlich habe ich auf Eigensicherung geachtet, aber die Täterin hatte keine sichtbare Waffe. Ich möchte zu gern herausfinden, was für ein Gewicht sie in ihrer Umhängetasche hat.«

Die Kommissarin hoffte, ihrem Chef mit dieser Bemerkung den Wind aus den Segeln zu nehmen. Sie wollte sich nämlich nicht Leichtsinn vorwerfen lassen. Bei einer Verhaftung rechnete sie grundsätzlich mit Widerstand. In diesem Fall war sie einfach überrumpelt worden.

Doch Oltbeck schien nicht auf dem Thema herumreiten zu wollen. Er sagte: »Herr Moll hat mir schon berichtet, dass diese dunkelhaarige Frau jetzt die Hauptverdächtige ist. Sie war offenbar mit Köhner in seiner Hotelsuite zusammen und wurde später von einem Zeugen kurz vor dem Mord im *Hummerhafen* gesehen. Dass sie sich gestern mit Gewalt einer polizeilichen Maßnahme entzogen hat, rundet das Bild nur noch ab.«

Enno schaute Mona an.

»Wir mussten übrigens Marlies Aschendorf auf freien Fuß setzen«, teilte er ihr mit.

Der Ermittlerin lag die Bemerkung auf der Zunge, dass dies keine gute Idee gewesen wäre. Doch als sie einen Moment länger darüber nachdachte, wurde ihr bewusst, dass ihre Kollegen trotz der Lügen dieser Frau keine andere Wahl gehabt hatten.

Der Chef schien zu spüren, was in ihr vorging. Oltbeck erklärte: »Nachdem ein Strafverteidiger für Frau Aschendorf hier eingetroffen war, verweigerte sie nicht länger die Aussage. Herr Moll und ich befragten sie am gestrigen Nachmittag. Sie behauptete, ihre Beziehung zu Köhner aus Scham verschwiegen und sich bei den Zeitangaben am Tag der Wiedereröffnung versehentlich geirrt zu haben. Eine Verbindung zwischen ihr und unserer aktuellen Hauptverdächtigen ließ sich nicht nachweisen. Marlies Aschendorf gab zu Protokoll, keine Person näher zu kennen, die der Beschreibung dieser dunkelhaarigen Verbrecherin entspricht. Sie kam uns glaubhaft vor.

Daher hatten wir keine Handhabe, um Marlies Aschendorf weiter im Gewahrsam zu belassen.«

»Naja – falls sich neue Verdachtsmomente ergeben, wissen wir ja, wo wir sie finden können«, murmelte Mona.

»Wie wollen Sie nun weiter vorgehen?«, fragte der Chef.

Enno antwortete: »Zunächst werden wir die Borkumer Adresse der Verdächtigen ...«

Er unterbrach sich selbst, denn in diesem Moment wurde die Tür aufgerissen. Mona drehte sich um. Sie war nicht wirklich überrascht, als Grietje hereinplatzte. Das tat die Polizeimeisterin ja grundsätzlich, wenn sie das Dienstzimmer der Kommissare betrat. Allerdings hatte die Kriminalistin nicht angenommen, dass die junge Kollegin sich dies auch bei Oltbeck traute. Der Hauptkommissar runzelte die Stirn und polterte: »Frau Smit, wir haben hier gerade eine Besprechung! Was fällt Ihnen ein?«

»Ich wollte nur Bescheid geben, dass wir Frau Sanders Angreiferin soeben verhaftet haben!«, trompetete Grietje.

*

Die Polizistin mit den Wuschelhaaren stand sofort im Mittelpunkt der Aufmerksamkeit. Dies schien ihr ausgezeichnet zu gefallen. Sie lehnte sich neben Oltbecks Schreibtisch an die Wand und berichtete: »Herr Ekhoff und ich sollten ja heute Vormittag den Fährverkehr überwachen. Wir hatten unseren Streifenwagen natürlich so geparkt, dass er nicht sofort von der Inselbahn aus zu sehen war. Außerdem blieben wir in Deckung, denn beim Anblick einer Polizeiuniform wäre die Täterin gewiss sofort abgezischt.«

Dem Chef war anzusehen, dass die Wortwahl seiner Untergebenen ihm nicht unbedingt gefiel. Trotzdem ließ er Grietje weiterreden, und sie fuhr fort: »Ein Katamaran und eine Autofähre Richtung Emden liefen aus, ohne dass wir unter den Passagieren eine verdächtige Person bemerken konnten. Aber dann stand die Fähre nach Eemshaven auf dem Fahrplan. Mir fiel sofort eine Frau auf, die gebückt ging und ihre Kapuze über den Kopf gezogen hatte. Doch unser Nordseewind machte ihr einen Strich durch die Rechnung. Eine Bö legte ihre Frisur frei: Dunkle Haare bis zum Kinn!«

»Wie war die Frau denn gekleidet?«, wollte Mona wissen.

»Blaue Jeans, rote Kapuzenjacke. – Wir hatten uns schon vorbereitet und wollten sie in die Zange nehmen. Mein Kollege fuhr mit dem Einsatzfahrzeug den Pier hoch. Als die Verbrecherin den Streifenwagen sah, drehte sie um und lief Richtung Bahnsteig zurück. Ich hatte mich hinter einem Waggon versteckt. Als sie mich sah, wollte sie mir ihre Tasche über die Rübe ziehen, verfehlte mich aber. Daraufhin brachte ich sie zu Boden. Gleich darauf kam auch schon Herr Ekhoff, und wir legten ihr Handschellen an.«

»Gut gemacht, Frau Smit«, lobte der Chef.

»Das war eine meiner leichtesten Übungen«, gab Grietje lässig zurück. Sie wandte sich nun an Mona: »Ich hab die Dame gleich durchsucht, sie hatte jede Menge Krimskrams bei sich, außerdem eine Reisetasche. Das liegt jetzt alles auf deinem Schreibtisch.«

»Und die Verdächtige ist gewiss in der Arrestzelle?«, fragte Oltbeck.

Grietje nickte und sagte: »Dort, wo sie hingehört. Wer eine von uns angreift, attackiert uns alle. Die Täterin hat übrigens noch keinen Pieps gesagt.«

Kapitel 16

Die Verhaftung änderte Monas und Ennos Pläne grundlegend. Sie wollten die Frau so bald wie möglich verhören. Doch zunächst galt es, einen Blick auf die sichergestellten Gegenstände zu werfen. Oltbeck beendete die Unterredung und sagte: »Geben Sie mir Bescheid, wenn ich einen Durchsuchungsbeschluss beantragen soll.«

Die Kommissare schauten sich zunächst an, was Grietje bei der Dunkelhaarigen gefunden hatte. Mona öffnete die Umhängetasche und zog einen Ziegelstein heraus.

»Schau dir das an, Enno – als ob ich es nicht geahnt hätte! So einfach kann man aus einer Tasche eine gefährliche Schlagwaffe machen. Gut, dass ich so einen dicken Schädel habe.«

»Das hast du gesagt«, gab der Ostfriese schmunzelnd zurück. Er widmete sich der Reisetasche, während seine Kollegin weiterhin den Inhalt der Umhängetasche ausleerte.

»Jedenfalls wissen wir jetzt, mit wem wir es zu tun haben«, stellte sie fest. »Die junge Dame heißt laut ihrem niederländischen Personalausweis Anneke Lieke Somers, geboren vor 24 Jahren in Utrecht.«

»Und wo ist die Verbindung zu Frankfurt beziehungsweise Norderney und Borkum?«

»Das ist eine gute Frage, Kollege. – Weißt du was? Ich wähle mal den kurzen Dienstweg und rufe in Delfzijl an.«

Mona griff zum Telefonhörer. Hier im Grenzgebiet arbeiteten deutsche und niederländische Polizisten eng zusammen, weil viele Straftäter auch über die Staatsgrenzen hinweg operierten. Es dauerte nicht lange, bis sie die tiefe Stimme von Brigadier Bakker hörte.

»*Hoi*, Mona. Was gibt es Neues?«

»*Hoi*, es geht um eine niederländische Staatsbürgerin. Sie heißt Anneke Lieke Somers. Kannst du bitte mal überprüfen, ob sie bei euch polizeibekannt ist?«

»Ja, einen Moment bitte.«

Die Kommissarin hörte, wie der Brigadier auf seiner Computertastatur klapperte. Dann sagte er: »Ja, und ob! Das Früchtchen hat ein paar Jugendstrafen wegen Diebstahl und Unterschlagung verbüßt, zuletzt wurde sie aus der Strafanstalt in Zwolle entlassen, und zwar vor drei Monaten.«

»Weshalb hat sie dort gesessen?«

»Sie war an einem Raubüberfall beteiligt, hat allerdings nicht geschossen. Aber sie fuhr den Fluchtwagen.«

»Also absolut kein unbeschriebenes Blatt.«

»Nee, das kann man nicht sagen, Mona.«

»Ich danke dir, wir treffen uns demnächst mal wieder, okay?«

»Versprochen ist versprochen«, sagte der holländische Kollege lachend und legte auf.

Da der Lautsprecher eingeschaltet war, hatte Enno alles mitgehört.

»Ich bin gespannt, was die junge Dame uns zu sagen hat«, meinte er.

Mona erwiderte: »Vorausgesetzt, sie bekommt die Zähne auseinander. Aber wenn sie sich in Schweigen hüllen will, können wir ja stattdessen ihre Unterkunft inspizieren.«

Mit diesen Worten zeigte sie ihrem Kollegen einen Schlüsselanhänger, den sie in der Umhängetasche gefunden hatte. Er bestand aus einem hölzernen Seehund, in dessen Körper die Worte PENSION NARVIK und die Zahl Fünf eingebrannt waren. Daran hingen zwei Schlüssel.

»Die *Pension Narvik* ist eine Selbstversorgerpension«, erklärte Enno. »Das ist eine der günstigsten Unterbringungsmöglichkeiten auf unserer Insel.«

»Wir werden dort auf jeden Fall später vorbeischauen«, sagte die Kommissarin, »aber jetzt sollten wir uns zunächst die Somers vorknöpfen.«

Mona ließ es sich nicht nehmen, die Verdächtige höchstpersönlich aus der Arrestzelle zu holen. Die junge Niederländerin verzog das Gesicht, als sie die Kriminalistin wiedererkannte. Ansonsten blieb sie aber cool.

»Kommen Sie mit«, forderte Mona lapidar.

Anneke Somers schlurfte aus dem vergitterten Raum. Ihre Körpersprache wirkte schlaff und kraftlos, doch die Ermittlerin blieb trotzdem wachsam. Sie wollte sich nicht noch einmal überrumpeln lassen.

Nachdem die Verdächtige im Verhörraum Platz nehmen durfte, stellte Enno seine Kollegin und sich selbst vor. Außerdem belehrte er die junge Frau über ihre Rechte.

»Möchten Sie einen Rechtsanwalt hinzuziehen?«, fragte er abschließend.

»Ik versta geen woord«, antwortete die Verdächtige grinsend. Es war der erste Satz, den sie von sich gab.

Mona beugte sich vor und fauchte: »*Goed geprobeerd*!« Dann fügte sie auf Deutsch hinzu: »Du solltest die Spielchen sein lassen. Wir sind nicht dumm. Wir wissen, dass ihr in der Schule unsere Sprache lernt. Und es geht hier um Mord. Du solltest dir dringend einen Strafverteidiger suchen, denn du sitzt tief in der Tinte!«

Die Kommissarin duzte Anneke, wie es in den Niederlanden üblich war. Mona beobachtete die Verdächtige genau. Sie wirkte überrascht.

»Mord? Ich hab niemanden … totgemacht.«

Anneke sprach mit Akzent, war aber gut zu verstehen.

»Es gibt Zeugen, die dich im Hotel *Zu den Gezeiten* und im *Hummerhafen* gesehen haben«, stellte die Kriminalistin klar.

»Wo? Da bin ich noch nie gewesen.«

»Dann weißt du wohl auch nicht, wer Torsten Köhner war? Oder kennst du ihn als Jannik Gröne?«

Während Mona diese Fragen stellte, zeigte sie der Verdächtigen Fotos vom Gesicht des Toten. Anneke sah nun nicht mehr verblüfft, sondern erschrocken aus.

»Der … ist echt tot, oder? Damit habe ich nichts zu tun!«, beteuerte sie.

Die Kommissarin zog ihr Smartphone hervor und machte ein paar Aufnahmen vom Gesicht der jungen Verbrecherin.

»Was soll das?«, fragte Anneke.

»Wir zeigen die Aufnahmen den Zeugen. Ich bin gespannt, ob sie dich wiedererkennen«, erklärte Mona.

»Ich bin es nicht gewesen!«, beharrte die Niederländerin.

»Seit wann bist du denn auf Borkum?«, wollte Enno wissen.

»Vor einer Woche bin ich hierher gekommen.«

»Und aus welchem Grund?«

»Das hier ist doch eine *mooie* Insel«, antwortete Anneke Somers mit einem frechen Grinsen.

»Wie eine Naturliebhaberin siehst du mir aber nicht gerade aus«, meinte Mona. Anneke Somers hob die Schultern. Die Kommissarin stand auf und sagte: »Wir unterbrechen das Verhör. Du kannst dir im Arrest ja überlegen, ob du nicht doch lieber mit einem Anwalt sprechen möchtest. Bis dahin versorgt unsere Kollegin dich mit Tee und Jagdwurststullen.«

»Was ist *Jagdwurststullen*?«

»Etwas Essbares. Das wirst du dann schon sehen.«

»Ich liebe die deutsche Küche«, behauptete die Verdächtige.

Mona brachte sie wieder in ihre Zelle und ging weiter ins Wachlokal.

»Grietje, könntest du unserem Logiergast bitte einen Tee und ein paar von deinen legendären Jagdwurststullen machen?«

»Mit dem größten Vergnügen«, gab die Polizeimeisterin zurück.

Mona holte die Schlüssel zum Pensionszimmer und kehrte zu Enno zurück.

»Wir schauen uns jetzt mal die Unterkunft der jungen Dame an«, entschied sie.

Der Oberkommissar war einverstanden. Sie gaben Oltbeck Bescheid, damit er bei der Staatsanwaltschaft einen Durchsuchungsbeschluss beantragte. Dieser sollte umgehend nachgereicht werden.

»Wieso kenne ich diese *Pension Narvik* eigentlich nicht?«, fragte Mona, als sie wenig später die Polizeistation verließen und sich unter die zahlreichen Passanten in der Strandstraße mischten. Die Kommissarin vermutete, dass der Beherbergungsbetrieb sich in der Nähe befand. Andernfalls hätte Enno garantiert das Auto benutzt.

»Du arbeitest zwar schon ein paar Jahre auf Borkum, aber nicht jede Pension und jedes Hotel ist während dieser Zeit zum Schauplatz eines Verbrechens geworden«, erwiderte Enno. Er fuhr fort: »Die *Pension Narvik* ist bestens geeignet für Menschen, die ihre Ruhe haben wollen. Wie gesagt, sie ist für Selbstversorger gedacht. Du kannst dich dort in deinem Zimmer komplett einigeln und musst die anderen Gäste noch nicht mal beim Frühstück treffen.«

»Also ein idealer Ort für eine Kriminelle, die unter dem Radar bleiben will. – Dann lebt auch der Pensionswirt nicht in dem Gebäude?«

»Nee, Johann Beck ist ein echter Naturbursche. Er verbringt so viel Zeit wie möglich unter freiem Himmel. Er hat mir mal erzählt, dass er ein halbes Jahr lang mit dem Zelt durch Norwegen gezogen ist und das Land lieben gelernt hat.«

»Nun wissen wir auch, warum er seine Pension nach einer dortigen Stadt benannt hat«, gab Mona trocken zurück.

Während ihres Gesprächs hatten die beiden den Inselbahnhof hinter sich gelassen und waren in die Norderstraße abgebogen. Dort blieb Enno vor einem unscheinbaren Rotziegelhaus stehen, das auf den ersten Blick nicht als Pension zu erkennen war.

»Du hast die Schlüssel«, stellte der Ostfriese fest. »Oltbeck wird dafür sorgen, dass Johann den Durchsuchungsbeschluss direkt zugestellt bekommt. Ich gehe nicht davon aus, dass der Besitzer sich extra hierher bemühen wird.«

Mona öffnete die Außentür. Sie traten in einen Korridor mit hoher Decke, in dem es nach Mottenkugeln roch. Der ausgetretene Läufer war vermutlich älter als die Kommissarin. Sie begriff nun, warum diese Pension so günstig war. Am Ende des Flurs führte eine offen stehende Tür in eine große Wohnküche, wo die Gäste sich ihr Frühstück selbst zubereiten konnten. Doch das war für Mona jetzt nebensächlich. Sie schloss die Tür zu Annekes Zimmer auf. Verbrauchte Luft schlug ihr entgegen. Vom Lüften hielt die Verdächtige offenbar nichts. Die schweren Vorhänge waren zugezogen und die Fensterläden geschlossen. Auch Ordnungsliebe gehörte offenbar nicht zu ihren stärksten Charaktereigenschaften. Wäschestücke, Coladosen und Chipstüten lagen und standen herum.

»Was für ein Saustall!«, schimpfte Mona. Sie öffnete den Kleiderschrank und holte eine Plastiktüte hervor, blickte dann hinein.

»Enno, das musst du sehen!«

Mit diesen Worten stülpte die Kommissarin die Tüte um. Mehrere Brieftaschen und teure Handys fielen auf das ungemachte Bett.

»Die junge Dame hat offenbar auf Taschendiebstahl umgesattelt«, stellte der Oberkommissar fest. »Aber warum hat sie die Beute nicht mitgenommen, als sie die Insel verlassen wollte?«

»Wahrscheinlich ging es ihr darum, nicht mit Beweisstücken für ihre Straftaten erwischt zu werden. Oder sie ist panisch geflohen, ohne noch einmal in ihr Pensionszimmer zurückzukehren. Wenn sie wirklich clever gewesen wäre, hätte sie die Schlüssel weggeworfen oder einfach hiergelassen. Dann wären wir nicht auf ihre Beute gestoßen.«

»Zum Glück sind nicht alle Kriminellen so umsichtig«, sagte Enno. »Jetzt können wir nur noch Annekes Foto den Zeugen vorlegen und hoffen, dass sie wiedererkannt wird. Falls nicht, haben wir zwar eine fleißige Taschendiebin, nicht aber die Mörderin von Köhner geschnappt. Und eine andere Frau mit kinnlangen dunklen Haaren ist immer noch auf freiem Fuß.«

»Das hätte ich nicht treffender ausdrücken können«, erwiderte Mona seufzend.

Kapitel 17

Die Befragung des Beikochs verlief kurz und ernüchternd.

»Nee, das ist sie auf keinen Fall«, sagte Markus Brodersen, nachdem Mona ihm einige Zeit später das Foto von Anneke Somers gezeigt hatte.

»Diese Frau haben Sie also nicht am Tag des Mordes im *Hummerhafen* gesehen?«

»Sag ich doch, Frau Sander! Die Frisur ist ähnlich, aber das Gesicht sieht ganz anders aus.«

Den Kommissaren blieb nichts anderes übrig, als sich bei Brodersen zu bedanken. Mona und Enno hatten ihn in der Küche vom *Hummerhafen* angetroffen, wo er zusammen mit Chefkoch Prigge und Reinhold Aschendorf das Menü überarbeitete. Als die Ermittler das Lokal verließen, bekamen sie mit, wie die beiden Männer den Beikoch mit Fragen bestürmten. Wahrscheinlich wollten sie erfahren, wie weit die Polizei mit der Aufklärung des Falles vorangekommen war. Sowohl der Inhaber als auch der Chefkoch hatten natürlich ein großes Interesse daran, das Lokal so bald wie möglich offiziell zu eröffnen. Oder saß einer von ihnen tiefer in der Tinte, als es bisher ersichtlich war? Mona ermahnte sich, ihre Zeit nicht mit sinnlosen Spekulationen zu verschwenden.

Ennos Stimme riss sie aus ihren Überlegungen.

»Wir müssten eigentlich auch noch unsere zweite Augenzeugin befragen. Aber Oltbeck hat uns ja praktisch verboten, noch einmal mit Lisa Mehlmann Kontakt aufzunehmen. Versuchen sollten wir es trotzdem, aber nicht über seinen Kopf hinweg.«

Die Kommissarin nickte grimmig und erwiderte: »Richtig – niemand soll uns vorwerfen können, dass wir schlampig gearbeitet hätten.«

Die beiden kehrten zur Polizeistation zurück und erklärten dem Chef die Lage. Mona sagte: »Es geht nur darum, der Hotelangestellten ein Foto von Anneke Somers vorzulegen. Lisa Mehlmann hat Köhners Gespielin immerhin mit eigenen Augen gesehen. Es wäre sehr hilfreich, wenn sie die Niederländerin identifizieren könnte.«

Enno ergänzte: »Der Beikoch hat bereits ausgesagt, dass es nicht Anneke Somers gewesen ist, die er im *Hummerhafen* kurz vor dem Mord gesehen hat. Trotzdem wäre es gut, wenn sich auch die zweite Zeugin die Aufnahme anschauen könnte.«

»Also gut, ich werde auf die Hotelmanagerin einwirken«, versprach Oltbeck. »Aber ich muss darauf bestehen, dass Sie, Herr Moll, die Fragen stellen und Frau Sander sich diesmal zurückhält.«

»Ich werde still wie ein Mäuschen sein«, versprach die Kommissarin.

Der Vorgesetzte schaute sie mit einem Blick an, der so viel besagen sollte wie: *Verschaukeln kann ich mich auch allein!* Doch immerhin griff er zum Telefonhörer, um im Hotel *Zu den Gezeiten* anzurufen. Die Kommissare verließen sein Büro, damit er ungestört mit Katja Schiller sprechen konnte.

»Wir machen jetzt erstmal Mittagspause«, entschied Mona.

»Du nimmst mir das Wort aus dem Mund«, erwiderte ihr Kollege lächelnd und voller Vorfreude.

Die Kommissare gingen zur Bismarckstraße hinüber.

»Hast du bemerkt, wie nervös Prigge und Aschendorf vorhin gewesen sind, Enno? Ich könnte schwören, dass einer von ihnen etwas mit Köhners Tod zu tun hat. Vielleicht haben die beiden Herzchen sogar die Tat zusammen begangen.«

Der Ostfriese erwiderte: »Ja, zumindest Aschendorf hat ein starkes Motiv, wenn man an den Seitensprung seiner Frau mit dem Mordopfer denkt. Trotzdem – du warst doch selbst dabei, als er das Aquarium enthüllt hat und daraufhin beinahe zusammengeklappt wäre. So etwas kann man nicht schauspielern. Außerdem hätte sich Aschendorf ins eigene Fleisch geschnitten, indem er die Leiche in dem Bassin versenkte. Dadurch wurde seine aufwändig geplante Wiedereröffnung torpediert. Wenn Aschendorf am Mord beteiligt war, hätte er den Toten wahrscheinlich eher in einer Vorratskammer oder einem anderen stillen Ort zwischengelagert, um ihn nachts für immer loszuwerden.«

»Andererseits weiß Aschendorf natürlich, dass seine Ehefrau Tierärztin ist – er hätte die Dunkelhaarige als Komplizin gewinnen können, um Köhner das Ketasin unterzuschieben und so den Verdacht auf seine Gattin zu lenken«, meinte Mona. Aber noch während sie sprach, wurde ihr bewusst, dass Aschendorf als Anstifter des Mordes eher unwahrscheinlich war. Woher hätte er wissen können, in welchem Hotel Köhner auf Borkum wohnte? Und dass er sich überhaupt auf der Insel befand? Bei Prigge sah die Sache schon anders aus. Er hatte ja selbst zugegeben, dass er von Köhner erpresst worden war. Aber wo war die Verbindung zwischen dem Chefkoch und der dunkelhaarigen Verdächtigen?

Die Ermittler schlenderten zwischen den Urlaubern und Kurgästen hindurch, von denen die Bismarckstraße bevölkert wurde. Die Straße war ein beliebtes Verbindungsstück zwischen dem Inselbahnhof und dem Hauptstrand. Mona entdeckte einen freien Tisch im Außenbereich vom Café *Columbus*. Dort nahmen die beiden Platz. Der Oberkommissar bestellte Backfisch mit Pommes Frites, seine Kollegin entschied sich für den Salat Columbus.

Enno dachte laut nach: »Wir sollten die Möglichkeit im Hinterkopf behalten, dass Prigge uns nicht die ganze Wahrheit gesagt hat. Er kannte Köhner immerhin unter seinem richtigen Namen. Vielleicht gibt es noch weitere Punkte in ihrer gemeinsamen Frankfurter Vergangenheit, die er uns bisher bewusst verschwiegen hat.«

»Als Komplize der Mörderin hätte der Chefkoch sich jedenfalls geeignet«, sagte Mona. »Er ist zumindest kräftig genug, um gemeinsam mit einer anderen Person die Leiche in das Aquarium zu heben.«

Wenig später wurde das Essen serviert, und die Kommissare ließen es sich schmecken. Während Mona ihren Salat knabberte, betrachtete sie die Passanten. War es nicht Zeitverschwendung, weiterhin auf Borkum nach einer Frau zu suchen, von der nur eine äußerst vage Personenbeschreibung existierte? Warum hätte die Täterin sich weiterhin auf der Insel aufhalten sollen? Noch konnte die Kriminalistin keine Verbindung zwischen Opfer und mutmaßlicher Täterin erkennen. Es war, als würde sie einem Phantom nachjagen.

Plötzlich klingelte ihr Smartphone. Sie meldete sich mit Namen und Dienstgrad. Carsten Jolter war am Apparat. Der geständige Hummerdieb hörte sich aufgeregt an.

»Moin, Frau Sander. Ich … wollte nur nachfragen, ob Sie den Mörder schon gefasst haben.«

»Die Ermittlungen sind noch nicht abgeschlossen. Gibt es etwas, das Sie mir sagen wollen?«

»Ja … Ich sollte mich ja melden, falls mir noch etwas einfällt. Und ich habe vorhin eine Frau erblickt, die mir irgendwie bekannt vorkam. Auf dem *Feuerschiff Borkumriff* haben wir ja viele Besucher, aber dort habe ich sie nicht gesehen. Und dann fiel es mir wieder ein …«

»Ja?«, hakte die Kommissarin nach, während sie ihre Ungeduld zu bezwingen versuchte.

»Die Frau ist mir in der Nähe vom *Hummerhafen* aufgefallen, kurz bevor ich die Tiere befreit habe. Sie war in Begleitung eines Mannes, den ich allerdings nur von hinten sah.«

»Und was war jetzt an dieser Person so auffällig, Herr Jolter?«

»An sich nichts, aber sie trieb sich eben in der Umgebung des Lokals herum. Erst habe ich sie auch nicht richtig wiedererkannt …«

»Ach, wirklich? Und warum nicht?«

»Als ich sie das erste Mal sah, reichten ihre dunklen Haare bis zum Kinn. Und heute hatte sie eine hellblonde Kurzhaarfrisur.«

*

Mona konnte kaum glauben, was sie zu hören bekam. Sicherheitshalber hakte sie nach: »Und es handelt sich hundertprozentig um dieselbe Frau, die Sie vor Ihrem Hummerdiebstahl gesehen haben?«

Jolter antwortete nicht sofort. Die Kommissarin lauschte auf ihren eigenen Herzschlag. Falls dieser Naturfreund eine brauchbare Information lieferte, konnten die Ermittlungen dadurch vorangetrieben werden. Es war natürlich auch möglich, dass er die Polizistin zum Narren halten wollte. Aber warum hätte er das tun sollen? Das Eigentumsdelikt hatte er bereits gestanden, und eine Verbindung zwischen Jolter und Köhner ließ sich beim besten Willen nicht erkennen.

Der junge Mann druckste herum: »Naja, ich glaube schon …«

»*Glauben* können Sie in der Kirche *Maria Meeresstern* oder in einem von den anderen Gotteshäusern!«, fauchte die Ermittlerin. »Wir müssen schon sicher sein, wenn wir mit Ihrem Hinweis etwas anfangen sollen!«

»Ich habe es ja nur gut gemeint!«

»Das ist mir klar«, fuhr Mona etwas besänftigt fort. Sie fragte: »Wo genau haben Sie die Frau denn gesehen?«

»Hier unten am Hafen, ich bin an Bord des Feuerschiffs und schrubbe gerade das Deck. Die Blonde kam mit einem Fahrrad an, hielt und machte ein Foto vom Schiff. Das passiert öfter. Jedenfalls blieb sie stehen, und ich konnte ihr Gesicht genauer betrachten. Sie war zwar ein paar Meter von mir entfernt, aber ich habe ganz gute Augen. Ich rätselte, woher mir die Frau so bekannt vorkam. Und dann erinnerte ich mich daran, dass sie kürzlich dunkles und längeres Haar hatte.«

War Jolter generell ein guter Beobachter oder hatte er die Umgebung des *Hummerhafens* nur so genau ausgekundschaftet, weil er dort die Tiere befreien wollte? Und dann fiel Mona die Antwort auf die Frage ein. Sie war naheliegend. Die Kommissarin wunderte sich, dass es ihr nicht früher eingefallen war.

»Sie haben sich spontan in diese junge Frau verguckt!«, sagte sie Jolter auf den Kopf zu. Mona war sicher, dass er spontan errötete – was sie am Telefon natürlich nicht sehen konnte.

»Ja, sie gefällt mir«, gab er mit belegter Stimme zurück. »Das ist doch wohl nicht verboten, oder? Aber als ich sie neulich sah, hatte sie einen Mann dabei. Ich rechnete mir sowieso keine Chancen aus und widmete mich lieber meiner Befreiungsaktion.«

»Und diesen Begleiter können Sie nicht beschreiben?«

»Er trug Jeans und T-Shirt, mehr weiß ich nicht, Frau Sander. Wie gesagt, ich hab ihn nur kurz von hinten gesehen.«

»Was war denn heute los? Befand sich die inzwischen blond gefärbte Dame wieder in Gesellschaft?«

»Nee, heute war sie allein.«

»Herr Jolter, können Sie das Fahrrad genauer beschreiben?«

»Es war ein blaues Damenrad, ein älteres Modell. Vielleicht ein Hollandrad.«

Da Borkum eine KFZ-arme Insel war, kannten sich viele Bewohner mit Radmodellen ebenso gut aus wie manche Festlandmenschen mit Autos. Jolter bildete da offenbar keine Ausnahme. Mona hatte längst begonnen, sich Stichworte aufzuschreiben. Ihren Notizblock hatte sie immer bei sich, auch in der Mittagspause.

Enno hatte längst bemerkt, dass der Anruf wichtig war. Er ließ Messer und Gabel sinken und schaute seine Kollegin gespannt an, während Fisch und Pommes Frites kalt wurden.

»Und wie war die Person heute gekleidet?«, fragte die Kommissarin.

»Sie hatte eine lange helle Leinenhose und eine blaue Regenjacke an.«

»Dieselben Textilien wie bei der ersten Begegnung?«

»Nein, Frau Sander. Da trug sie Blue Jeans und einen dunklen Kapuzenpullover.«

So oder ähnlich waren im September viele Menschen auf der Insel angezogen, ob es sich nun um Urlauber oder Einheimische handelte.

Auch der Beikoch hatte ausgesagt, eine junge Frau mit solcher Bekleidung im *Hummerhafen* kurz vor der Tat gesehen zu haben.

»Ist die Radlerin Richtung Fährhafen gefahren?«

Jolter verneinte Monas Frage und fügte hinzu: »Ich bin mir ziemlich sicher, dass sie den Weg zur Reedestraße eingeschlagen hat.«

Das war die Hauptverbindung zwischen den Hafenanlagen und dem Ortskern. Die Kommissarin sagte: »Ihre Angaben waren hilfreich. Bitte kommen Sie nach Feierabend zur Polizeistation, damit Ihre Aussage schriftlich protokolliert werden kann.«

»Gibt es eine Belohnung?«

»Ja, ich werde bei Ihrem Diebstahlprozess aussagen, dass Sie eigentlich ein guter Junge sind.«

Mit diesen Worten beendete Mona das Telefonat. Dann berichtete sie Enno, was sie soeben erfahren hatte. Einige Gesprächsfetzen hatte er ja schon aufgeschnappt.

»Die neue Frisur würde natürlich erklären, warum wir bisher vergeblich nach der wahren Täterin gesucht haben«, meinte er.

Seine Kollegin nickte eifrig und erwiderte: »Die Mörderin weiß oder ahnt, dass wir ihr auf den Fersen sind. Momentan gehe ich davon aus, dass sie auf der Insel bleiben will. Andernfalls hätte sie schon längst verschwinden können. Zum Glück gibt es nicht allzu viele Frisörbetriebe auf Borkum. Es sollte uns nicht schwerfallen, sie alle abzuklappern und herauszufinden, wer sich in den letzten Tagen eine blonde Kurzhaarfrisur verpassen ließ.«

Der Oberkommissar fügte hinzu: »Das blaue Hollandrad kann eine weitere Spur sein, die uns zu der Gesuchten führt. – Eigentlich benötigen wir die Zeugenaussage von Lisa Mehlmann gar nicht mehr.«

»Doch, du musst ihr das Foto der niederländischen Taschendiebin zeigen. Vor allem jetzt, wo Oltbeck sich so angestrengt hat, die Befragung zu ermöglichen.«

Die Kommissare beendeten ihre Pause und gingen zur Dienststelle zurück. Mona hätte am liebsten sofort mit Enno die Frisörgeschäfte gestürmt, zumal einige sich im Zentrum und somit in nächster Nähe befanden. Doch als die beiden das Wachlokal betraten, wurden sie von Grietje angesprochen: »Der Chef sucht schon nach euch. Ihr sollt ins Hotel *Zu den Gezeiten* hinüberkommen, es geht um eine Zeugenaussage.«

Kapitel 18

Mona erinnerte sich an ihren Vorsatz, diesmal nicht durch eine unbedachte Bemerkung Ärger vom Zaun zu brechen. Enno warf ihr einen prüfenden Blick zu. Oft verstanden die beiden sich auch ohne Worte.

»Es ist alles in Ordnung, lieber Kollege. Stell dir einfach vor, ich wäre eine Nonne und hätte ein Schweigegelübde abgelegt.«

»Dafür fehlt mir die Fantasie.«

Die Ermittler lachten, wurden aber gleich darauf wieder ernst. Sie betraten die Hotelhalle. Offenbar hatte man sie schon erwartet. Eine Rezeptionsangestellte grüßte die Kommissare, nahm sie in Empfang und führte sie zu einem Konferenzraum, in dem Lisa Mehlmann an einem langen polierten Eichenholztisch saß. Sie wurde eingerahmt von der Managerin Katja Schiller sowie einem graumelierten Herrn, in dem die Kommissarin den Rechtsanwalt Tilman Dunker erkannte. Er hatte seine Kanzlei eigentlich in Emden, unterhielt aber auf Borkum eine Zweigstelle, in der er zweimal pro Woche Klienten empfing. Lisa Mehlmann wirkte auf Mona ziemlich unglücklich. Sie kam der Kriminalistin vor wie eine Schülerin, die Unsinn verzapft hat und nun mit ihren Eltern beim Direktor erscheinen muss.

Die Hotelmanagerin öffnete den Mund, ihre Stimme hörte sich kühl und distanziert an: »Ich weiß nicht, warum Sie Frau Mehlmann schon wieder von der Arbeit abhalten müssen. In diesem Gebäude hat sich kein Verbrechen ereignet. Es ist nicht unsere Schuld, dass das Mordopfer ausgerechnet im Hotel *Zu den Gezeiten* eine Suite gemietet hat.«

»Es wird nicht lange dauern«, versicherte Enno freundlich, »und wir bedanken uns ausdrücklich für Ihre Bereitschaft zur Kooperation. – Frau Mehlmann, haben Sie diese Person schon einmal gesehen? War sie es, die den Gast in seiner Suite aufgesucht hat?«

Während der Oberkommissar die Fragen stellte, zeigte er der Angestellten ein Foto, das Mona von Anneke Somers gemacht hatte. Die Kommissarin konzentrierte sich jetzt ganz auf Lisa Mehlmann. Die Körpersprache der jungen Frau war eindeutig. Sie hatte die Finger ihrer beiden Hände krampfhaft ineinander verschränkt. Wahrscheinlich wollte sie dadurch verhindern, dass sie zitterten. Ihre Lippen presste sie aufeinander, und sie konnte keinem der Anwesenden in die Augen schauen. Nach Monas Meinung hätte sie sich am liebsten in ein Mauseloch verkrochen. Die Servicekraft tat der Kriminalistin leid. Sie hätte Lisa Mehlmann diese Prozedur gern erspart, doch ihre Aussage war von größter Bedeutung.

Es war spannend, wie sich die Miene der Hotelangestellten beim Anblick des Bildes veränderte. Mona glaubte, nun bei ihr so etwas wie Hoffnung oder Erleichterung registrieren zu können. Die junge Frau nickte eifrig und antwortete: »Ja, diese Frau war bei dem Gast! Ganz eindeutig!«

Diese Lüge ging Lisa Mehlmann bemerkenswert leicht über die Lippen. Die Kommissarin fand die Reaktion der Hotelmanagerin sogar noch interessanter. Katja Schiller saß ja neben ihrer Mitarbeiterin. Sie musste den Kopf nur etwas zur Seite neigen, um die Aufnahme ebenfalls anschauen zu können. Die Gesichtszüge der Managerin entspannten sich, auf ihren Lippen erschien ganz kurz ein verächtlich wirkendes Lächeln. Was ihr in diesem Moment wohl durch den Kopf ging? Vielleicht so ein Gedanke wie: *Ein Glück, dass die Polizei so dumm ist!*

Mona hoffte, dass Katja Schiller zu dieser Einschätzung kam. Die Kommissarin hatte schon so manchen Verbrecher einfach dadurch überführen können, dass er die Ermittlerin und ihre Kollegen unterschätzt hatte. Sie hoffte, dass dies nun wieder passierte.

Enno stand auf.

»Das war schon alles, was wir von Ihnen erfahren wollten. – Wir bedanken uns für Ihre Zeit und wünschen noch einen schönen Tag.«

Der Rechtsanwalt wirkte zufrieden. Er hatte soeben Geld verdient, ohne auch nur den Mund öffnen zu müssen. Mona schwieg weiterhin. Sie wollte die erfolgreiche Begegnung nicht durch eine unbedachte Bemerkung zunichtemachen. Doch als die beiden das Hotel verlassen hatten und zur Polizeiwache zurückgingen, gab es für sie kein Halten mehr: »Ich habe mich noch nie so darüber gefreut, angelogen zu werden!«

»Weil Anneke Somers gar nicht Köhners Gespielin sein kann?«

»Ganz genau, Enno! Die arme Lisa Mehlmann wird dazu gezwungen, die wahre Täterin zu decken – und zwar auf Anordnung ihrer Chefin. Wir sollten jetzt diese saubere Dame Katja Schiller gründlich durchleuchten. Ihr muss es als ein unglaublicher Glücksfall vorgekommen sein, dass wir uns ihrer Meinung nach auf eine Unschuldige konzentrieren.«

»Aber du hältst Katja Schiller selbst nicht für die Täterin, Mona?«

»Nein, obwohl wir ihr Alibi noch gar nicht überprüft haben. Gut, die Frisur lässt sich leicht ändern. Aber die Zeugenaussagen deuten auf eine junge Frau hin. Und Katja Schiller ist schätzungsweise zwischen fünfzig und sechzig.«

»Ja, das passt nicht so ganz«, meinte der Ostfriese. Nachdem sie ihr gemeinsames Dienstzimmer erreicht hatten, kochte er erst einmal Tee.

»Wir gehen aber noch zu den Frisören?«, rief er durch die offen stehende Tür von der Teeküche aus zu seiner Kollegin hinüber.

»Ja, ich will nur kurz etwas im Internet nachschauen«, versicherte Mona. Es war bemerkenswert, wie viel frei verfügbare Informationen sie über Katja Schiller herausfinden konnte. Als der Oberkommissar wenig später mit dem Tee ins Büro zurückkehrte, hatte sie schon einige Fakten zusammengetragen: »Das musst du dir anschauen! Bevor Frau Schiller den Posten hier auf Borkum antrat, war sie Managerin in einem Wiesbadener Fünf-Sterne-Hotel. In einer dortigen Lokalzeitung erschien ein Porträt von ihr: ›Alleinerziehend und willensstark‹ lautet die Überschrift.«

»Dass die Dame ein oder mehrere Kinder hat, wusste ich nicht«, gab der Ostfriese zu, »aber dass sie sich durchsetzen kann, haben wir schon erfahren.«

»Ja, allerdings«, bestätigte Mona. Sie fuhr fort: »In dem Artikel steht sinngemäß, dass Frau Schiller sich wegen ihrer verantwortungsvollen Position leider nicht so viel um ihre Tochter kümmern kann. Daher wächst das Mädchen in einem Internat auf und verbringt nur die Ferien bei der Mutter.«

»Das ist wirklich interessant«, meinte Enno, »aber ein Schulkind ist doch zu jung, um als Verdächtige bei unserem Mordfall infrage zu kommen.«

»Nicht so ungeduldig, lieber Kollege. Dieser Zeitungsartikel ist älter, die Tochter müsste inzwischen einundzwanzig oder zweiundzwanzig Jahre alt sein. Das Internat, in dem sie Abitur gemacht hat, befindet sich übrigens in Königstein.«

»Wo?«

»Das ist ein Städtchen im Taunus, du Inselfriese«, erklärte Mona lachend und ergänzte: »Bis zur Metropole Frankfurt ist es von dort aus nicht weit. Und was tut eine erlebnishungrige Teenagerin? Sie stürzt sich bei jeder Gelegenheit ins Nachtleben der Großstadt. Das hätte ich zumindest gemacht, wenn ich dort zur Schule gegangen wäre.«

»Davon bin ich überzeugt.«

»Du kennst mich eben«, meinte die Kommissarin lächelnd. Sie fuhr fort: »Ich habe mir gleich mal den Online-Auftritt des Internats angeschaut. Zu der Zeit, als die Tochter dort noch die Schulbank drückte, konnte das Schul-Handballteam einige Erfolge feiern. Hier, dieses Foto habe ich größer gezoomt. Achte mal auf die dritte Spielerin von links. Sie heißt laut Bildunterschrift Nele Schiller.«

Enno setzte seine Brille auf und beugte sich vor. Er sagte: »Sie trägt ihre dunklen Haare noch länger, aber ansonsten könnte dies unsere Mordverdächtige sein.«

*

»Nele Schiller.«

Mona wiederholte den Namen mehrmals laut, als ob sie ihn auswendig lernen wollte. Sie druckte das Gruppenfoto der Frauen-Handballmannschaft aus und startete eine POLAS-Abfrage. Diese brachte kein Ergebnis. Die Tochter der Managerin war polizeilich noch nicht in Erscheinung getreten, weder in Königstein noch irgendwo anders auf deutschem Boden.

Enno stellte seiner Kollegin eine Tasse hin. Sie bediente sich mit Kandis, Sahne und Tee. Nachdem sie einige Schlucke getrunken hatte, sagte sie: »Noch habe ich nicht die geringste Ahnung, warum diese junge Frau Köhner hätte töten wollen.«

»Zumal er sich auch noch einer Gesichtsoperation unterzogen hat und einen falschen Namen benutzte«, gab der Oberkommissar zu bedenken.

»Ja, genau. Sehen wir uns die Fakten an: Die Mutter weiß oder ahnt, dass ihre Tochter in den Mord verwickelt ist. Also versucht sie zunächst, Lisa Mehlmann als Zeugin von polizeilichen Ermittlungen abzuschirmen. Das gelingt ihr nicht hundertprozentig. Daher wird ihr ein Stein vom Herzen gefallen sein, als wir der Mitarbeiterin ein Foto einer anderen jungen Frau vorgelegt haben. Und Lisa Mehlmann hat bereitwillig gelogen, damit wir diese falsche Spur weiter verfolgen.«

»Wir müssen mehr über Nele Schiller in Erfahrung bringen«, sagte Enno und fuhr seinen eigenen PC hoch.

»Was tust du?«

»Ich schaue in die Datenbank der Borkumer Stadtverwaltung. Offiziell gemeldet ist die junge Dame hier jedenfalls nicht«, erklärte der Ostfriese.

»Für Katja Schiller als Managerin wird es kein Problem sein, ihre Tochter unauffällig im Hotel *Zu den Gezeiten* unterzubringen – und sei es in einem Personalzimmer«, meinte die Kriminalistin. Sie selbst hatte nun damit begonnen, die sozialen Medien zu durchforsten – vergeblich.

»Du siehst so nachdenklich aus, Mona.«

»Ja, denn es ist untypisch für einen jungen Menschen, die sozialen Medien zu meiden. Natürlich ist es möglich, dass die Verdächtige ein Pseudonym benutzt. Ich habe hier Fotos von einigen Frauen gefunden, die Nele Schiller heißen. Aber keine von ihnen ähnelt der Person, die wir im Visier haben. Es ist ihr gelungen, keinen digitalen Fußabdruck zu hinterlassen.«

»Es gibt also noch Menschen, die keine Fotos von ihrem Mittagessen ins Internet hochladen?«, fragte Enno augenzwinkernd.

»Du weißt ja, dass ich selbst diesen Online-Exhibitionismus auch nicht mag – aber in diesem speziellen Fall würden mich Nele Schillers Gründe interessieren. Ich versuche mal bei diesem Internat mein Glück.«

Sie griff zum Telefonhörer und rief in Königstein an. Mona nannte ihren Namen und Dienstgrad. Sie bat um einen Rückruf der Rektorin bei der Polizeistation Borkum. Jeder konnte sich am Telefon als Kriminalkommissar ausgeben. Daher war es besser, wenn die Ansprechpartnerin einen offiziellen Dienstanschluss anrief.

»Nele Schiller weiß noch nicht, dass sie unsere Aufmerksamkeit erregt hat«, unterstrich Enno, »aber selbst als ehemalige Handballerin muss sie einen Komplizen gehabt haben, mit dem sie Köhner ins Aquarium schaffen konnte. Meine eigene Theorie, dass er mehr oder weniger von selbst im Wasser gelandet ist, kommt mir inzwischen unsinnig vor.«

»Ja, als Mittäter kommt meiner Meinung nach nur eine Person infrage«, meinte Mona. Doch bevor sie ins Detail gehen konnte, klingelte ihr Festnetztelefon. Grietje war am Apparat. Die Polizeimeisterin saß momentan in der Telefonzentrale.

»Eine gewisse Frau Dr. Vogler will dich sprechen«, kündigte Grietje an. Es knackte, als die Verbindung hergestellt wurde. Dann hatte die Kommissarin die Rektorin des Internats in der Leitung.

»Mein Name ist Dr. Marianne Vogler. Was kann ich für Sie tun?«

Mona bedankte sich zunächst für die schnelle Reaktion. Sie nannte noch einmal ihren Dienstgrad und berichtete von dem Mordfall, der sich auf Borkum ereignet hatte. Dann sagte sie: »Im Zusammenhang mit diesem Verbrechen ist uns eine Ihrer ehemaligen Schülerinnen aufgefallen. Es handelt sich um Nele Schiller …«

An dieser Stelle fiel Frau Dr. Vogler der Kommissarin ins Wort.

»Ich fürchte, dass ich aus Datenschutzgründen keine Details über jetzige oder ehemalige Absolventen unserer Einrichtung preisgeben darf, Frau Sander.«

Die Stimme der Rektorin klang jetzt ganz besonders distanziert. Es kam Mona so vor, dass der Name Nele Schiller bei der Leiterin des Internats die Alarmsirenen hatte schrillen lassen. Diese Reaktion motivierte die Ermittlerin noch zusätzlich. Sie sagte: »Es gibt jetzt exakt zwei Möglichkeiten, Frau Dr. Vogler. Entweder verraten Sie mir bei unserem Telefonat ein paar Dinge, die zur Aufklärung dieses Gewaltverbrechens beitragen. Oder ich wähle den offiziellen Weg, mit Staatsanwaltschaft und Durchsuchungsbeschlüssen und Polizisten, die Akten aus Ihrem Sekretariat tragen …«

»Sie sind sehr hartnäckig.«

»Das höre ich öfter«, versicherte Mona.

Die Rektorin gab sich geschlagen: »Also gut, ich spreche mit Ihnen. Allerdings weiß ich nicht, wo ich anfangen soll.«

»Der Name Nele Schiller sagt Ihnen etwas, das habe ich sofort bemerkt«, erwiderte die Kommissarin. »Wie war die junge Frau denn so als Schülerin?«

»Nele verfügt über einen Intelligenzquotienten von 142. Ich nehme an, das sagt Ihnen etwas.«

»Die Frau ist ziemlich clever, oder?«

»Bei einem solchen Wert spricht man von extrem hoher Intelligenz«, gab die Rektorin kühl zurück.

»Dann waren Sie gewiss froh, ein solches Genie zum Abitur führen zu dürfen.«

Frau Dr. Vogler seufzte und erwiderte: »Nele ist zwar hochbegabt, aber sie kann sich nicht in eine Gemeinschaft einfügen. Sie verschwand mehr als einmal über Nacht und trieb sich herum. Mehrmals musste sie ermahnt werden. Wäre sie nicht so klug gewesen, dann hätte sie das Abitur angesichts ihrer Fehlzeiten nicht geschafft. Das

Kollegium und ich waren froh, dass sie schließlich mit einem Einser-Abitur abging.«

»Ist Ihnen bekannt, welchen Weg sie eingeschlagen hat?«

»Neles Vorliebe galt der Informatik, sie ist ein Computergenie. Es fällt ihr gewiss auch leichter, mit einer Maschine als mit Menschen zu kommunizieren. In unserem Internat war sie immer eine Außenseiterin, obwohl wir alle versucht haben, sie zu integrieren.«

»Sind Ihnen jemals Hinweise auf kriminelle Aktivitäten zu Ohren gekommen?«

»Nein, Frau Sander. Und das hätte ich auch nicht geduldet. Unser Haus hat einen Ruf, den es zu wahren gilt.«

Wenn Nele Schiller wirklich so intelligent war, dann hatte sie gewiss Mittel und Wege gefunden, um Vorschriften zu umgehen und sich einfach nicht erwischen zu lassen. Mona selbst hatte als Teenagerin oft genug den Hausarrest ignoriert und war aus dem Fenster geklettert, um Party zu machen. Nele schien ihr in dieser Hinsicht ähnlich zu sein, wenngleich die Kommissarin niemals mit dem Gesetz in Konflikt gekommen war.

Eine letzte Frage hatte Mona noch: »Erinnern Sie sich an eine Mitschülerin, mit der Nele Schiller sich ganz besonders gut verstanden hat?«

»Da fällt mir nur Julia Ritter ein.«

Mona notierte sich den Namen sowie den Geburtsort der Schulfreundin. Dann bedankte sie sich bei der Rektorin und sagte: »Ein Anliegen habe ich noch, Frau Dr. Vogler. Falls sich Nele Schiller oder ihre Mutter bei Ihnen meldet, sollten Sie dieses Gespräch nicht erwähnen.«

»Ich werde so schnell wie möglich vergessen, dass Sie mit mir Kontakt aufgenommen haben, Frau Sander.«

Mit diesen Worten beendete die Rektorin das Telefonat.

Enno hatte alles mitgehört. Er sagte: »Also haben wir es mit einer extrem intelligenten Einzelgängerin zu tun. Mich interessiert, was Nele Schiller nach dem Abitur mit ihrem Leben angefangen hat.«

»Diese Frage kann uns hoffentlich die Freundin beantworten«, erwiderte Mona. Sie brauchte nicht lange, um mehr über Julia Ritter herauszufinden. Im Gegensatz zu Nele Schiller war diese junge Frau viel in den sozialen Medien unterwegs. Auch sie hatte auf dem Internat Handball gespielt, war dem Sport treu geblieben und betrieb ihn in Stuttgart weiter. Dort hatte sie ein Studium der Psychologie aufgenommen. Mona nahm Kontakt mit Julias Eltern auf und erfuhr von ihnen ihre Mobilfunknummer. Die Kommissarin tippte die Zahlenfolge in ihr Smartphone.

»Ja?«, meldete sich eine junge Frauenstimme.

»Moin, ich bin Kommissarin Sander von der Polizei Borkum ...«

»Verschaukeln kann ich mich alleine!«

»Legen Sie nicht auf, es geht um Nele Schiller! Rufen Sie die Dienststelle auf Festnetz an, wenn Sie mir nicht glauben!«

Doch Julia Ritter hatte das Gespräch schon weggedrückt.

»Niemand scheint mehr zu glauben, dass die Polizei ihn anruft«, meinte der Ostfriese trocken.

»Ja, es haben wohl zu viele Leute Telefonstreiche gespielt oder den Enkeltrick probiert«, grollte Mona. Sie fuhr fort: »Ich muss der jungen Dame wohl einen richtigen Brief auf Behördenpapier schreiben, damit sie ...«

Das Festnetzgerät klingelte. Die Kommissarin nahm wieder den Hörer ab. Grietje klang diesmal genervt: »Hast du jetzt neue Telefonfreundinnen? Diesmal will eine gewisse Julia Ritter was von dir.«

Gleich darauf wurde die Verbindung hergestellt, und die Stimme der Studentin war zu hören: »Es tut mir leid, Frau Sander. Es kam mir nicht so vor, als ob Sie es ernst meinen ... Was will denn die Polizei Borkum von mir? So hoch im Norden bin ich noch nie gewesen.«

»Es geht uns auch nicht um Sie persönlich, sondern um eine Schulfreundin von Ihnen. Ich spreche von Nele Schiller.«

Daraufhin herrschte einen Moment lang Schweigen. Im Hintergrund war leise Musik zu hören, Julia Ritter war also noch am Apparat.

»Der Name sagt Ihnen etwas«, vermutete Mona, um die Stille zu durchbrechen.

Die Studentin antwortete: »Ja, obwohl ich Nele nicht als Freundin bezeichnen würde. Sie hatte große Probleme damit, Menschen an sich heranzulassen. Ich kam etwas besser mit ihr zurecht als die anderen Leute in der Schule. Aber als die Sache mit Pascal geschah, verwandelte Nele sich endgültig in eine Art Roboter.«

»Wie meinen Sie das? Und wer ist dieser Pascal?«, wollte Mona wissen.

»Meiner Meinung nach war Pascal Neles erste große Liebe. Und er starb nach einer Schießerei im Frankfurter Bahnhofsviertel.«

Kapitel 19

Die Kommissarin stieß langsam die Luft aus den Lungen, während sie ihren Notizblock mit Stichpunkten füllte. Allmählich schienen sich die Nebel dieses Falls zu lichten. Aber sie benötigte unbedingt mehr Informationen: »Sprechen Sie bitte weiter, Frau Ritter. Was wissen Sie über Pascals Tod?«

»Nicht viel, fürchte ich. Nele und ich hauten manchmal aus dem Internat ab, um in Frankfurt Spaß zu haben. Dort gibt es tolle Clubs, wo man die ganze Nacht durchtanzen kann. In einem dieser Läden lernte sie Pascal kennen.«

»Also war dieser Mann kein Mitschüler?«

»Nein, Frau Sander. Ich hätte Ihnen nicht sagen können, womit er seinen Lebensunterhalt verdiente. Er sah gut aus, war sehr charmant und konnte gut reden … sein Tod blieb nicht nur uns ein Rätsel, sondern auch Ihren Frankfurter Kollegen. Soweit ich weiß, wurde sein Mörder niemals gefunden.«

Monas Gedanken rotierten, doch sie zwang sich zu planvollem Vorgehen: »Sie sagten, Nele hätte sich verändert?«

»Ja, die Schießerei im Bahnhofsviertel war in allen Zeitungen und auch im Lokal-TV. Die Polizei vermutete eine Auseinandersetzung im Milieu. Wahrscheinlich hatte Pascal nur eine verirrte Kugel eingefangen, so hieß es jedenfalls in der Presse. Es schien unmöglich zu sein, den Täter zu ermitteln.«

Wahrscheinlich, weil er seinen Namen geändert und sich einer Gesichtsoperation unterzogen hat, dachte die Kriminalistin. Sie fragte: »Blieben Sie nach dem Abitur mit Nele in Kontakt?«

»Nein, obwohl ich es versuchte. Sie ließ mich immer wieder abblitzen. In ihr schien etwas zerbrochen zu sein, nachdem Pascal getötet wurde. Aber ich habe sie nie eine Träne vergießen sehen.«

»Können Sie uns etwas über Neles berufliche Pläne sagen?«, wollte die Kommissarin wissen.

»Ich habe keine Ahnung«, erwiderte die Schulkameradin. »Nele ist superschlau, sie könnte überall arbeiten oder studieren. – Steckt sie in Schwierigkeiten? Warum interessiert die Polizei sich für sie?«

Mona ging nicht auf die Fragen ein. Stattdessen bedankte sie sich für die Auskunft und gab Julia Ritter ihre Mobilnummer, falls der Zeugin noch etwas einfiel. Dann beendete sie das Gespräch und stand auf.

»So, für den Moment habe ich die Nase voll von der Schreibtischarbeit. Lass uns mit den Frisören sprechen und ein wenig gute Nordseeluft einatmen.«

Diesen Vorschlag ließ Enno sich nicht zweimal sagen. Auch der Oberkommissar hielt sich lieber draußen auf und nutzte jede Gelegenheit, um den Büroteil seiner Tätigkeit hinter sich zu lassen. Die beiden traten auf die Strandstraße hinaus und steuerten das nächste Frisörgeschäft an, das sich unweit vom Inselbahnhof befand. Enno sagte: »Nele Schiller scheint sich nach dem Abitur gar nicht um einen Studienplatz oder eine Arbeit bemüht zu haben. Jedenfalls deutet nichts darauf hin. Stattdessen wird sie auf eigene Faust versucht haben, den Mörder ihrer ersten Liebe zu finden.«

»Ja, wobei mir dieses Vorhaben ziemlich größenwahnsinnig vorkommt«, gab Mona zu bedenken. »Wenn die Frankfurter Mordkommission den Täter nicht ermitteln konnte – warum sollte es eine junge Frau im Alleingang schaffen?«

Der Ostfriese hob den Zeigefinger und erwiderte: »Das ist ein guter Einwand. Du darfst aber nicht vergessen, dass im Frankfurter Bahnhofsviertel viele Menschen der Polizei gegenüber grundsätzlich den Mund halten. Aber Nele hat sich dort amüsiert, war gerade dem Teenageralter entwachsen. Außerdem sieht sie gut aus, dadurch konnte sie so manchem Mann gewiss die Zunge lösen.«

»Ja, so sind die Kerle«, meinte Mona. Sie fügte hinzu: »Außerdem müssen wir ihre Computerkenntnisse im Hinterkopf behalten. Heutzutage kann man ja online fast alles herausfinden. Es würde mich nicht wundern, wenn sie auf diesem Weg von Köhners falschem Namen und seiner neuen Identität erfahren hat.«

Sie unterbrachen ihren Wortwechsel, weil sie nun einen Frisörsalon betraten. Die Ermittler waren mit dem Inhaber per Du, weil sie regelmäßig in den Geschäften vorbeischauten, um über Falschgeld oder reisende Diebesbanden aufzuklären. Leider konnte der Frisör ihnen nicht weiterhelfen, da er in den letzten Tagen keine junge Frau mit dunklen Haaren komplett umgestylt hatte.

»Spontan ist so eine Behandlung sowieso nicht möglich, weil die Wartezeit zu lang ist«, erklärte er. »Kundinnen müssen einen Termin machen. Und dafür benötigen wir ihre Telefonnummer, falls wir absagen müssen. Das kommt gelegentlich vor.«

Daran hatte Mona nicht gedacht, weil sie ihre eigenen Frisörbesuche immer weit im Voraus plante und ihr Stammfrisör ohnehin wusste, wie er sie erreichen konnte. Und Enno ließ sich seinen Bürstenschnitt von seiner Ehefrau verpassen und ging darum gar nicht zum Haareschneiden.

Die Kommissare mussten noch zwei weitere Frisörläden aufsuchen, bis sie Erfolg hatten. Meisterin Andrea Wolts nickte eifrig, als Mona ihr die Verdächtige beschrieb: »Ja, der Kundin habe ich gestern ein komplett neues Styling verpasst. Sie ist jetzt hellblond und hat so eine Kurzhaarfrisur.« Die Frisörin schlug eine Mappe mit Modelfotos auf, um ihre Worte zu unterstreichen.

»Hat sie dir auch eine Telefonnummer gegeben?«, wollte Enno wissen.

Andrea Wolts schaute in ihr Auftragsbuch und nannte ihm eine Zahlenfolge, die mit der Vorwahl eines niederländischen Wegwerfhandys begann. Aber auch so eine Nummer ließ sich natürlich orten.

Als die Ermittler wieder draußen auf der Kirchstraße standen, sagte der Ostfriese: »Ich schlage vor, dass Oltbeck sich jetzt bei der Staatsanwaltschaft um einen Durchsuchungsbeschluss für das Hotel *Zu den Gezeiten* und um eine Ortungserlaubnis für das Handy bemüht.«

Mona nickte. »Damit bin ich einverstanden. Und während wir darauf warten, holen wir uns den Komplizen und bringen ihn zu einem Geständnis.«

*

Horst Prigge war nicht begeistert, als die Kommissare ihn in der Küche des *Hummerhafens* aufsuchten. »Was wollen Sie denn noch von mir? Ich habe Ihnen doch schon alles gesagt, was ich über Köhner weiß.«

»Wir haben inzwischen neue Informationen.« Enno blieb bewusst vage, um den Verdächtigen im Unklaren zu lassen. Er fügte hinzu: »Bitte begleiten Sie uns zur Polizeiwache.«

Prigge schaute Brodersen an, der völlig überrascht schien. Mona hatte auch zeitweilig den Beikoch für einen Mittäter gehalten, aber dies erschien ihr unwahrscheinlich. Sie ging davon aus, mit Prigge den richtigen Fisch an der Angel zu haben.

»Dann bleibt mir wohl nichts anderes übrig«, murmelte der Chefkoch. Er versuchte, sich seine Unruhe vor den Kommissaren nicht anmerken zu lassen. Der kurze Fußmarsch zur Dienststelle verlief schweigend. Mona nahm sich vor, die Befragung anders als sonst anzugehen. Die Ermittler führten Prigge in den Verhörraum, wo sie sich am Tisch ihm gegenübersetzten. Dann sagte der Oberkommissar: »Wir vernehmen Sie heute als Beschuldigten einer Straftat, und zwar der Beihilfe zum Mord an Torsten Köhner. Sie müssen sich nicht selbst belasten und können einen Rechtsbeistand hinzuziehen.«

Dem Verdächtigen fiel buchstäblich die Kinnlade herunter: »Das können Sie nicht ernst meinen!«

Mona meinte lächelnd: »Es gibt auch eine gute Nachricht. Wir geben Ihnen jetzt die Chance, ein umfangreiches Geständnis abzulegen und die Haupttäterin zu belasten. Wir glauben nämlich nicht, dass Sie mit einer Tötungsabsicht zur Wiedereröffnungsfeier des Lokals gegangen sind.«

Prigge schwieg. Er hatte die Hände auf der Tischplatte gefaltet, als ob er beten wollte. Was ihm wohl gerade durch den Kopf ging? Diese Frage konnte Mona natürlich nicht beantworten. Sie sagte: »Herr Prigge, Sie haben sich zunächst sehr klug verhalten. Ihnen war bewusst, dass wir Ihre Verbindung zu Köhner früher oder später entdecken würden. Also traten Sie die Flucht nach vorn an und behaupteten, von ihm erpresst worden zu sein. Vielleicht stimmt das sogar. Und ob Sie ihm wirklich einen Schlüssel zum *Hummerhafen* beschaffen sollten – wer weiß? Fest steht: Sie waren hier, als Köhner zusammenbrach – betäubt durch *Nele Schiller*!«

Die Kommissarin betonte den Namen der Mordverdächtigen besonders stark. Prigges linkes Augenlid zuckte, er holte tief Luft. Ob er in diesem Moment erkannte, dass Leugnen sinnlos war?

»Ich kannte ihren Nachnamen gar nicht«, sagte Prigge mit tonloser Stimme. »Ich habe Nele sofort wiedererkannt. Sie ist sogar noch hübscher geworden, seit ich sie das letzte Mal in einer Frankfurter Disco auf der Tanzfläche gesehen habe.«

Mona begriff, dass der Chefkoch nun zum Auspacken bereit war. »Am besten erzählen Sie die Geschichte von Anfang an«, schlug sie vor.

Prigge fuhr sich mit den Handflächen durchs Gesicht. »Da gibt es gar nicht so viel zu berichten, Frau Sander. Es war nicht alles gelogen, was ich Ihnen mitgeteilt habe. Damals in Frankfurt ging ich wirklich nach der Arbeit noch oft feiern, und es waren auch Drogen im Spiel. Dadurch lernte ich Köhner kennen.«

»Und was war mit Nele?«

Prigge beantwortete Monas Frage zunächst mit einem Schulter-zucken. Dann fügte er hinzu: »Sie war eine von vielen Disco-Bekanntschaften. Ich kannte nur ihren Vornamen, habe zu der Zeit höchstens ein paar Sätze mit ihr geredet.«

»Aber Sie sind verliebt in diese Frau!«, behauptete die Ermittlerin. Sie schränkte ein: »Zumindest ist sie Ihnen nicht gleichgültig!«

Prigge schaute Mona an, als ob sie ihn beim Griff in die Keksdose erwischt hätte.

»Das ist Unsinn, woher wollen Sie das wissen? Sie kennen mich doch gar nicht!«

»Als Polizistin habe ich gelernt, die Menschen einzuschätzen. Und sobald Sie über Nele zu sprechen begannen, wurde Ihre Stimme sanfter. Wahrscheinlich ist es Ihnen gar nicht aufgefallen. Es ist ja keine Schande, dass Sie für eine Frau Gefühle entwickeln.«

Prigge schnaubte und meinte: »Nur, dass so ein Kerl wie ich bei Nele nie eine Chance gehabt hätte. – Egal, Sie haben mich tatsächlich durchschaut, Frau Sander. Zwischen mir und Nele ist nie etwas gelaufen. Wie denn auch? Sie wusste wahrscheinlich gar nicht, dass ich für sie schwärmte. Und plötzlich, von einem Tag auf den anderen, war sie nicht mehr im Frankfurter Nachtleben vorhanden. Ich kämmte die Clubs und Discos durch, in denen sie damals verkehrte. Aber es war sinnlos. Natürlich redete ich auch mit Barkeepern und Rausschmeißern. Entweder wussten sie es nicht oder sie wollten es mir nicht sagen. Vielleicht hat sie auch einfach Angst bekommen, weil es zu der Zeit eine Schießerei mit einem Toten gab.«

»Um wen handelte es sich?«, wollte Mona wissen, obwohl sie die Antwort schon kannte.

»Der Mann hieß Philip oder Pascal oder so ähnlich. Ich kannte ihn nur vom Sehen.«

Allmählich fügten sich die Puzzleteile zusammen.

»Was ist denn nun am Tag der Wiedereröffnung passiert?«, fragte Enno.

Prigge antwortete: »Brodersen und ich rotierten in der Küche, um die Häppchen vorzubereiten. Ich wollte eine kurze Pause machen, um draußen frische Luft zu schnappen.«

»Von der Küche aus hätten Sie direkt durch den Notausgang ins Freie gelangen können«, warf Mona ein. »Warum der Umweg durch den Gastraum, wo das Aquarium stand? Denn dort trafen Sie doch auf Nele und Köhner, nicht wahr?«

»Ja, da begegnete ich den beiden«, gab der Chefkoch zu. »Und ich wollte auf die Toilette, um dort ungestört eine Line Koks zu ziehen. Sind Sie jetzt zufrieden?«

»Der Drogenkonsum ist jetzt nebensächlich«, erwiderte die Kommissarin. »Wir wollen wissen, wie Köhner ums Leben kam.«

Prigge wich ihrem Blick aus und schaute die Wand an. Ob er innerlich diesen Moment noch einmal durchlebte? Es dauerte einen Moment, bis er wieder den Mund öffnete: »Köhner lag am Boden, ein paar Meter vom Aquarium entfernt. Nele kniete neben ihm. Ich erkannte sie sofort wieder, obwohl sie die Haare nur kinnlang trug. Sofort waren meine Gefühle für sie wieder da. Sie schaute mich an – und erkannte mich wieder! Nele sagte: ›Horst, du musst mir helfen! Lass ihn uns in das Aquarium werfen!‹«

»Und was taten Sie?«

»Ich muss gezögert haben, Frau Sander. Nele beharrte auf ihrer Bitte. Sie meinte: ›Das ist Torsten Köhner! Er war ein übler Typ, das weißt du doch noch? Und er ist schon tot. Bitte hilf mir!‹ Es kam mir vor, als ob ich in einem Film wäre. Wir hoben ihn vom Boden hoch und ließen ihn ins Aquarium gleiten. Dann zog ich das dunkle Tuch darüber, sodass man ihn nicht sofort sehen konnte.«

»Haben Sie sich vergewissert, ob Köhner wirklich nicht mehr lebt?«, fragte Enno.

»Nein, ich habe Nele geglaubt.«

Ob Prigge den letzten Teil seiner Aussage erfunden hatte, um selbst besser dazustehen? Darüber musste ein Gericht entscheiden. Der Chefkoch würde sich auf jeden Fall seiner Mitverantwortung stellen müssen. Es schien, als ob seine Aussage beendet wäre. Doch dann fügte er noch etwas hinzu: »Nele gab mir einen Kuss auf die Wange und beschwor mich, den Mund zu halten. Dann verschwand sie. Es kam mir immer noch so vor, als ob ich in einem Traum wäre. Erst, als Herr Aschendorf später das Tuch wegzog, holte mich die Wirklichkeit wieder ein.«

Die Kommissare hatten die Befragung als Audiodatei aufgenommen. Mona tippte die Angaben schnell ab und legte Prigge das Geständnis auf Papier vor. Er unterschrieb es, nachdem er es durchgelesen hatte.

»Bin ich jetzt verhaftet?«, fragte er schüchtern.

»Sie bleiben im Arrest, bis wir Nele Schiller festgenommen haben«, erklärte Mona. »Angesichts Ihrer Gefühle ist es nicht ausgeschlossen, dass Sie die Mörderin warnen.«

Kapitel 20

Während die Kommissare den Komplizen befragt hatten, war ihr Chef nicht untätig geblieben. Als Mona und Enno in sein Büro kamen, präsentierte er ihnen den Durchsuchungsbeschluss.

»Für die Handyortung hat die Staatsanwaltschaft ebenfalls grünes Licht gegeben«, sagte der Hauptkommissar.

»Dann schauen wir uns doch gleich mal an, wo die Mordverdächtige sich befindet«, meinte Mona. Sie hatte ein Ortungsprogramm auf ihrem Smartphone. Nachdem sie die Zahlenfolge eingetippt hatte, begann die App zu arbeiten. Im Handumdrehen war ein Ergebnis da.

»Nele Schillers Handy befindet sich momentan im Hotel *Zu den Gezeiten*«, berichtete die Kommissarin, »da wird auch seine Besitzerin nicht weit sein.«

»Einige Kollegen werden die Ausgänge des Gebäudes überwachen«, ordnete Oltbeck an. »Die Täterin wird Ihnen also nicht entkommen können. Ich hoffe auf eine unblutige Festnahme.«

Auch Mona wünschte sich natürlich, dass die Verhaftung gewaltlos über die Bühne ging. Andererseits musste man bei einer Verbrecherin wie Nele Schiller mit bösen Überraschungen rechnen. Sie hatte Köhner voller Raffinesse in die Falle gelockt. Ob sie wirklich keinen Widerstand leisten würde?

Eine halbe Stunde später brach der kleine Trupp zum nahe gelegenen Hotel auf. Uniformierte Polizisten postierten sich am Haupteingang und den Notausgängen. Mona und Enno gingen mit dem Durchsuchungsbeschluss in die Hotelhalle. Katja Schiller war an der Rezeption. Sie hatte offenbar die Ankunft der Polizei durch das Fenster bemerkt. Nun stürmte sie wie eine Furie auf die Ermittler zu: »Was hat dieser Aufmarsch zu bedeuten? Sind Sie von allen guten Geistern verlassen?«

»Sie sollten besser Ihre Zunge hüten!«, feuerte die Kommissarin zurück. »Ich kann ja verstehen, dass Sie Ihre Tochter schützen wollen – wir werden Nele trotzdem nicht mit einem Mord davonkommen lassen!«

Die Hotelmanagerin lachte gekünstelt, doch die Angst in ihren Augen war nicht zu übersehen: »Sie beide müssen verrückt geworden sein!«

»Der Komplize ist geständig«, teilte der Ostfriese ihr mit ruhiger Stimme mit. »Machen Sie es bitte für Nele und für uns nicht unnötig schwer.«

Katja Schiller war anzusehen, dass sie mit sich rang.

Mona fügte hinzu: »Dieser Durchsuchungsbeschluss gibt uns das Recht, jedes Zimmer in diesem Hotel zu kontrollieren. Das wird Ihren Gästen nicht gefallen. – Nele befindet sich hier, nicht wahr?«

Die Mutter der Mordverdächtigen nickte. »Ich bringe Sie zu ihr«, flüsterte sie. »Bitte tun Sie meiner Tochter nichts.«

»Nach Ihnen«, sagte Enno und machte eine einladende Handbewegung.

Die Hotelmanagerin führte die Kommissare in den Personaltrakt, wo die Zimmer weitaus kleiner und bescheidener als im Gästebereich waren. Sie blieb vor einer Kammer stehen, aus der leise Musik drang.

»Nele?«, sagte Katja Schiller mit zitternder Stimme. »Mach bitte auf, Mama ist hier.«

Wenig später wurde ein Schlüssel im Schloss gedreht und die Tür geöffnet. Mona drängte sich an der Managerin vorbei und baute sich direkt vor Nele Schiller auf.

»Moin, ich bin Kommissarin Sander von der Polizei Borkum. Das ist Oberkommissar Moll. – Ihre neue Frisur steht Ihnen ganz ausgezeichnet. Aber aus dem Grund sind wir nicht hier.«

*

Mona bereitete sich auf einen plötzlichen Gewaltausbruch vor, aber die Mordverdächtige blieb ganz ruhig. Sie war hübsch, doch ihr Gesicht wirkte so ausdruckslos wie das einer Puppe.

»Ich hätte mich ins Ausland absetzen können, aber dafür fehlte mir die Energie«, sagte Nele Schiller mit einer fast kindlich klingenden Stimme. »Ich vermute, dass Sie mich jetzt durchsuchen müssen.«

Mit diesen Worten hob sie die Arme. Sie machte keine Schwierigkeiten, während Mona sie nach Waffen oder gefährlichen Gegenständen abtastete. Sie hatte nichts dergleichen bei sich, noch nicht mal eine Nagelfeile. Die Hotelmanagerin hielt sich im Hintergrund und rang verzweifelt die Hände: »Ist das denn wirklich nötig? Sie ist doch noch so jung.«

»So funktioniert unser Rechtssystem, Mama«, erklärte Nele Schiller altklug. »Ich habe jemanden ertrinken lassen, nun muss ich mich dafür vor Gericht verantworten.«

»Ich besorge dir den besten Anwalt!«, versprach die Mutter.

Darauf sagte die Täterin nichts mehr. Sie wirkte so emotionslos, als ob die Verhaftung sie überhaupt nichts anginge. Angesichts ihrer Passivität verzichteten die Kommissare auf das Anlegen von Handschellen. Man hätte Mona und Nele für Freundinnen halten können, als sie wenig später Seite an Seite das Hotel verließen. Enno kam hinter ihnen her und sicherte, falls Neles Stimmung plötzlich kippen würde. Doch die Täterin wirkte locker, fast gelöst. Dies hatte Mona bei überführten Straffälligen schon öfter beobachtet. Manche schienen fast erleichtert, weil das Versteckspiel mit der Polizei vorbei war.

Im Verhörraum belehrte Enno die junge Frau zunächst über ihre Rechte und fügte hinzu: »Ihre Mutter hat Ihnen ja einen Strafverteidiger in Aussicht gestellt. Sie müssen nicht mit uns reden, bevor Sie sich nicht mit ihm beraten haben.«

»Vielen Dank für den Hinweis, Herr Moll – aber das wird nicht nötig sein. Ich möchte jetzt einen Schlussstrich ziehen, wobei ich Köhners Tod nicht bereue. Ich stehe zu dem, was ich getan habe.«

»Warum haben Sie sich nicht schon bei der Polizei gestellt?«, fragte Mona.

»Ich weiß es nicht, Frau Sander. Vielleicht wollte ich einfach ausprobieren, wie lange es mir gelingt, auf freiem Fuß zu bleiben. Aber meine Mission ist nun erfüllt.«

»Was genau meinen Sie damit?«

»Köhners Ende natürlich«, erwiderte Nele Schiller. Sie klang so überrascht, als ob Mona etwas Selbstverständliches angezweifelt hätte. Die Mörderin fuhr fort: »Dieser Mann war böse, er hat Pascal erschossen und ist dafür nie zur Verantwortung gezogen worden. Also musste ich diese Aufgabe übernehmen.«

»Von Selbstjustiz halten wir hier auf Borkum gar nichts«, gab Mona scharf zurück. »Und woher wissen Sie, dass Köhner damals in Frankfurt geschossen hat?«

Nun lächelte die Verbrecherin.

»Frankfurt, ja, dort geschah es. Sie haben Ihre Hausaufgaben gemacht. Ich bin positiv überrascht von Ihren Fähigkeiten.«

»Frau Schiller, Sie haben meine Frage nicht beantwortet. Haben Sie Beweise, die Sie der Polizei damals vorenthalten haben?«

Nele zuckte mit den Schultern und antwortete: »Köhner ist unmittelbar nach Pascals Tod aus Frankfurt verschwunden, was der Polizei offensichtlich völlig egal war. – Ich spürte einfach, dass dieser Mann der Mörder war.«

Das Motiv dieser Frau war ganz eindeutig Rache, wie Mona sich nun vor Augen führte. Dabei spielte es letztlich keine Rolle, ob Köhner wirklich geschossen hatte oder nicht. Nele *glaubte* es auf jeden Fall – und hatte dadurch eigenmächtig ein Todesurteil gefällt.

Die Kommissarin fragte nun: »Ihre *Mission* lautete also, Pascals Mörder zur Strecke zu bringen? Damit haben Sie sich nach dem Abitur beschäftigt?«

»Ja, was hätte ich denn sonst tun sollen?«, fragte die Mörderin mit ihrer Kleinmädchenstimme. »Irgendeinen Unsinn studieren und Gras über die Sache wachsen lassen?«

Mona ging nicht auf die Bemerkung ein. Sie hakte nach: »Wie sind Sie vorgegangen?«

»Zunächst musste ich Köhner überhaupt finden. Das war nicht ganz einfach, da er ja untergetaucht war. Aber wahrscheinlich haben Sie schon erfahren, dass ich ein wenig Geschick im Internet besitze. Bei persönlichen Begegnungen kommt mir auch mein gutes Aussehen zugute. Ich fand jedenfalls den Menschen, der Köhner eine neue Identität verschafft hat. Dann musste ich nur noch den Schurken selbst auftreiben. Bei den krummen Geschäften, die er betreibt, hinterlässt er immer Spuren – auch wenn er sie verwischen möchte.«

Mona hörte sich diese Aussage mit gemischten Gefühlen an. Nele hatte es zweifellos geschafft, Köhners falsche Identität zu enttarnen. Diese Frau hätte als kriminalistische Ermittlerin Erfolg haben können, doch sie hatte sich für den Weg der Gesetzlosigkeit entschieden.

»Wovon haben Sie eigentlich gelebt?«, fragte Enno.

»Ich habe ein paar nicht ganz legale Geschäfte im Internet gemacht. Meine Mutter ließ ich in dem Glauben, dass ich ein Fernstudium der Informatik aufgenommen hätte. Sie freute sich einfach, dass ich mich zeitweise bei ihr einquartiert habe. Meine eigentliche Motivation hat Mama erst begriffen oder geahnt, als sie Wind von meinem Besuch bei Köhner bekam.«

Die Mörderin hing für einen Moment ihren Gedanken nach und fuhr dann fort: »Ich fand also Köhner auf Norderney und spionierte ihn aus. So blieb mir die Affäre mit Marlies Aschendorf nicht verborgen. Sie ist ja Tierärztin. Da kam mir die Idee, den Verdacht auf sie zu lenken.«

»Eine Tierärztin, die schon seit Jahren nicht mehr praktiziert, sondern ihrem Ehemann in seinem Hotel hilft«, stellte die Kommissarin fest. Sie fragte: »Haben Sie wirklich angenommen, dass wir Marlies Aschendorf nur aufgrund des tiermedizinischen Medikaments verdächtigen würden?«

»Zugegeben, ich habe Ihre Ermittlungsarbeit unterschätzt. Hinterher ist man bekanntlich immer klüger. Mir erschien diese Dame bestens geeignet, um den Mordverdacht auf sie zu lenken.«

»Und das konnten Sie mit Ihrem Gewissen vereinbaren?«, gab Mona spöttisch zurück. Neles Selbstgefälligkeit ging ihr zunehmend auf die Nerven.

»Warum nicht?«, lautete die schnippische Antwort. »Wer sich freiwillig mit so einem Dreckskerl einlässt, muss mit den Konsequenzen rechnen.«

»Wie Sie meinen«, gab Mona kühl zurück. »Eine Sache verstehe ich trotzdem nicht: Sie haben offenbar das Insulin in Köhners Suite gegen das tierärztliche Betäubungsmittel getauscht. Also wussten Sie von seiner Diabetes-Erkrankung?«

»Ja, das habe ich bei meinen Nachforschungen herausgefunden.«

»Befürchteten Sie nicht, dass Köhner Sie wegen der gemeinsamen Frankfurter Zeiten wiedererkennen würde?«, wollte Enno wissen.

»Das war wirklich ein heikler Punkt, Herr Moll. Aber Köhner hatte sich damals nicht näher für mich interessiert. Ich war eines von hundert Mädchen auf der Tanzfläche. Es hat jedenfalls geklappt – er ging mir auf den Leim.«

»Und Sie hatten keine Hemmungen, mit Pascals Mörder ins Bett zu gehen?«

Diese Frage hatte Mona sich nicht verkneifen können, doch Neles Erwiderung fiel cool aus: »Das habe ich natürlich nicht getan. Ich täuschte Kopfschmerzen vor, und dieser Widerling spielte ausnahmsweise den Gentleman. Wahrscheinlich glaubte er, später am Abend noch zum Zug zu kommen.«

»Aus welchem Grund wollte Köhner eigentlich bei der Wiedereröffnungsfeier erscheinen?«, fragte die Kommissarin. »Er war doch gar nicht eingeladen.«.

Die Täterin antwortete: »Ich glaube, Köhner wollte einfach das Ehepaar Aschendorf ein wenig nervös machen. Er liebte solche Psychospielchen. Mein Plan sah hingegen vor, dass er vor aller Augen im *Hummerhafen* tot zu Boden gehen sollte. Bei dem Ketasin habe ich mich leider mit der Dosis verkalkuliert. Er schien überhaupt nicht zusammenbrechen zu wollen. Wir waren viel zu früh im *Hummerhafen*, von den Gästen fehlte jede Spur. Köhner ging auf die Toilette, und ein Mann in Kochjacke kam vorbei. Ich fürchtete schon, dass er mich ansprechen würde. Aber er sagte nichts, beachtete mich nicht weiter. Köhner kehrte zu mir zurück und klappte wenig später zusammen. Ich hätte jetzt verschwinden können, aber er lebte noch. Da erschien ein anderer Mann, der mir bekannt vorkam – Horst Prigge.«

»Sie hatten also die Begegnung mit Ihrem Komplizen nicht eingeplant?«

»Nein, Frau Sander. Dass Prigge im *Hummerhafen* arbeiten sollte, war mir entgangen. Manchmal muss man eben improvisieren, nicht wahr? Ich konnte mich nicht darauf verlassen, dass Köhner an dem Ketasin sterben würde. Es gab nur eine Lösung: ihn im Aquarium ertrinken zu lassen. Ich wusste, dass Prigge auf mich stand. Sicherheitshalber behauptete ich, dass Köhner schon tot sei. Das hat funktioniert. Er hat nicht lange mit mir diskutiert, sondern direkt zugepackt. Wir schafften Köhner in das Bassin. Ich bat Prigge, mich nicht zu verraten, und haute ab.«

Damit war das Wesentliche gesagt. Enno erklärte: »Sie kommen jetzt in die Arrestzelle, ein Richter wird dann über die Verhängung von Untersuchungshaft entscheiden.«

»Wie Sie meinen«, sagte die Mörderin. Sie schien nun komplett desinteressiert. Eine Gefühlsregung konnte man bei ihr nach wie vor nicht erkennen. Es fiel Mona schwer zu glauben, dass diese Frau wegen ihrer ersten Liebe gemordet haben sollte. Aber über ihre Schuldfähigkeit musste das Gericht entscheiden. Die Kommissarin schaffte sie höchstpersönlich in die Zelle. Als Mona in den Verhörraum zurückkehrte, packte Enno seine Unterlagen zusammen und lächelte verschmitzt.

»Was erheitert dich denn so?«

»Hast du dir mal überlegt, dass uns die Zeugenaussage des Hummerdiebs auf Neles Spur gebracht hat? Damit hat Nele bestimmt nicht gerechnet, als sie völlig arglos am Hafen vorbeigeradelt ist.«

»Und wie lautet deine Schlussfolgerung aus dieser Beobachtung, Enno?«

»Ich weiß nicht – vielleicht, dass jeder Verbrecher einen entscheidenden Fehler macht?«

Die beiden brachen in ein befreiendes Gelächter aus.

ENDE

»Friesenlauf«, Band 3
Taschenbuch-ISBN: 978-3-95573-553-1
eBook-ISBN: 978-3-95573-618-7

»Friesenflirt«, Band 4
Taschenbuch-ISBN: 978-3-95573-542-5
eBook-ISBN: 978-3-95573-541-8

»Friesenwahn«, Band 5
Taschenbuch-ISBN: 978-3-95573-622-4
eBook-ISBN: 978-3-95573-623-1

»Friesenstalker«, Band 6
Taschenbuch-ISBN: 978-3-95573-688-0
eBook-ISBN: 978-3-95573-701-6

»Friesenjuwel«, Band 7
Taschenbuch-ISBN: 978-3-95573-764-1
eBook-ISBN: 978-3-95573-765-8

»Friesenwrack«, Band 8
Taschenbuch-ISBN: 978-3-95573-796-2
eBook-ISBN: 978-3-95573-797-9

»Friesenbarbier«, Band 9
Taschenbuch-ISBN: 978-3-95573-833-4
eBook-ISBN: 978-3-95573-832-7

»Friesenstrand«, Band 10
Taschenbuch-ISBN: 978-3-95573-875-4
eBook-ISBN: 978-3-95573-876-1

»Friesenlist«, Band 11
Taschenbuch-ISBN: 978-3-95573-934-8
eBook-ISBN: 978-3-95573-935-5

»Friesenblues«, Band 12
Taschenbuch-ISBN: 978-3-95573-954-6
eBook-ISBN: 978-3-95573-955-3

»Friesenanker«, Band 13
Taschenbuch-ISBN: 978-3-96586-009-4
eBook-ISBN: 978-3-96586-010-0

»Friesenkoch«, Band 14
Taschenbuch-ISBN: 978-3-96586-105-3
eBook-ISBN: 978-3-96586-106-0

»Friesenwürger«, Band 15
Taschenbuch-ISBN: 978-3-96586-146-6
eBook-ISBN: 978-3-96586-145-9

»Friesentango«, Band 16
Taschenbuch-ISBN: 978-3-96586-164-0
eBook-ISBN: 978-3-96586-172-5

»Friesenbrauer«, Band 17
Taschenbuch-ISBN: 978-3-96586-201-2
eBook-ISBN: 978-3-96586-202-9

»Friesendiebin«, Band 18
Taschenbuch-ISBN: 978-3-96586-276-0
eBook-ISBN: 978-3-96586-277-7

»Friesenpoker«, Band 19
Taschenbuch-ISBN: 978-3-96586-321-7
eBook-ISBN: 978-3-96586-322-4

»Friesenleiche«, Band 20
Taschenbuch-ISBN: 978-3-96586-355-2
eBook-ISBN: 978-3-96586-356-9

»Friesentrick«, Band 21
Taschenbuch-ISBN: 978-3-96586-408-5
eBook-ISBN: 978-3-96586-409-2

»Friesenschatz«, Band 22
Taschenbuch-ISBN: 978-3-96586-450-4
eBook-ISBN: 978-3-96586-451-1

»Friesenmagier«, Band 23
Taschenbuch-ISBN: 978-3-96586-485-6
eBook-ISBN: 978-3-96586-486-3

»Friesenruine«, Band 24
Taschenbuch-ISBN: 978-3-96586-513-6
eBook-ISBN: 978-3-96586-514-3

»Friesenraub«, Band 25
Taschenbuch-ISBN: 978-3-96586-549-5
eBook-ISBN: 978-3-96586-550-1

»Friesenrichter«, Band 26
Taschenbuch-ISBN: 978-3-96586-560-0
eBook-ISBN: 978-3-96586-561-7

»Friesenhummer«, Band 27
Taschenbuch-ISBN: 978-3-96586-614-0
eBook-ISBN: 978-3-96586-615-7

Klarant Verlag

Lernen Sie die Ostfrieslandkrimi-Titel des Klarant Verlages kennen und besuchen Sie uns im Internet unter:

www.ostfrieslandkrimi.de

und

www.klarant.de

Sie können dort Näheres über unsere Autorinnen und Autoren erfahren, viele weitere interessante Bücher und eBooks finden und Leseproben herunterladen. Mit dem kostenlosen Newsletter auf

www.ostfrieslandkrimi-lesen.de

erhalten Sie aktuelle Informationen rund um das Verlagsprogramm, wie beispielsweise spannende Neuerscheinungen und Gewinnspiele.